L'HOMME AU COMPLET MARRON

Liste alphabétique complète des

Romans d'Agatha Christie

(Masque et Club des Masques)

	Masque	Club des masques
A.B.C. contre Poirot	263	296
L'affaire Prothéro	114	36
A l'hôtel Bertram	951	104
Allô ! Hercule Poirot ?	1175	284
Associés contre le crime	1219	244
Le bal de la victoire	1655	516
Cartes sur table	274	364
Le chat et les pigeons	684	26
Le cheval à bascule	1509	514
Le cheval pâle	774	64
Christmas Pudding		42
(Dans le Masque : Le retour d'Hercule Poirot)		
Cinq heures vingt-cinq	190	168
Cinq petits cochons	346	66
Le club du mardi continue	938	48
Le couteau sur la nuque	197	135
Le crime de l'Orient-Express	169	337
Le crime du golf	118	265
Le crime est notre affaire	1221	228
La dernière énigme	1591	530
Destination inconnue	526	58
Dix brèves rencontres	1723	567
Dix petits nègres	299	402
Drame en trois actes	366	192
Les écuries d'Augias	913	72
Les enquêtes d'Hercule Poirot	1014	96
La fête du potiron	1151	174
Le flambeau	1882	
Le flux et le reflux	385	235
L'heure zéro	349	439
L'homme au complet marron	69	124
Les indiscrétions d'Hercule Poirot	475	142
Je ne suis pas coupable	328	22
Jeux de glaces	442	78
La maison biscornue	394	16
La maison du péril	157	152
Le major parlait trop	889	108
Marple, Poirot, Pyne et les autres	1832	583
Meurtre au champagne	342	449
Le meurtre de Roger Ackroyd	1	415
Meurtre en Mésopotamie	283	28
Le miroir du mort		94
(dans le Masque : Poirot résout trois énigmes)		

	Masque	Club des masques
Le miroir se brisa	815	3
Miss Marple au club du mardi	937	46
Mon petit doigt m'a dit	1115	201
La mort dans les nuages	218	128
La mort n'est pas une fin	511	90
Mort sur le Nil	329	82
Mr Brown	100	68
Mr Parker Pyne	977	117
Mr Quinn en voyage	1051	144
Mrs Mac Ginty est morte	458	24
Le mystère de Listerdale	807	60
La mystérieuse affaire de Styles	106	100
Le mystérieux Mr Quinn	1045	138
N ou M?	353	32
Némésis	1249	253
Le Noël d'Hercule Poirot	334	308
La nuit qui ne finit pas	1094	161
Passager pour Francfort	1321	483
Les pendules	853	50
Pension Vanilos	555	62
La plume empoisonnée	371	34
Poirot joue le jeu	579	184
Poirot quitte la scène	1561	504
Poirot résout trois énigmes	714	
(Dans le Club : Le miroir du mort)		
Pourquoi pas Evans?	241	9
Les quatre	134	30
Rendez-vous à Bagdad	430	11
Rendez-vous avec la mort	420	52
Le retour d'Hercule Poirot	745	
(Dans le Club : Christmas Pudding)		
Le secret de Chimneys	126	218
Les sept cadrans	44	56
Témoin à charge	1084	210
Témoin indésirable	651	2
Témoin muet	377	54
Le train bleu	122	4
Le train de 16 h 50	628	44
Les travaux d'Hercule	912	70
Trois souris...	1786	582
La troisième fille	1000	112
Un cadavre dans la bibliothèque	337	38
Un deux trois	359	1
Une mémoire d'éléphant	1420	469
Un meurtre est-il facile?	564	13
Un meurtre sera commis le...	400	86
Une poignée de seigle	500	40
Le vallon	361	374
Les vacances d'Hercule Poirot	351	275

AGATHA CHRISTIE

L'HOMME AU COMPLET MARRON

Traduit de l'anglais par Juliette Pary

LIBRAIRIE DES CHAMPS-ÉLYSÉES

Ce roman a paru sous le titre original :

THE MAN IN THE BROWN SUIT

PROLOGUE

Nadine, la danseuse russe qui avait conquis Paris en coup de vent, revint saluer la dixième fois, rappelée par les applaudissements frénétiques. Ses longs yeux noirs brillèrent dans un sourire, sa bouche écarlate eut une moue hautaine. Les Parisiens enthousiastes continuèrent encore d'applaudir quand le rideau tomba sur les ors, les rouges et les bleus du décor bizarre. Dans un tourbillon de voiles tango et bleuâtres, la danseuse quitta la scène. Un monsieur barbu la reçut dans ses bras. C'était son *manager*.

— Bravo, ma petite, bravo, cria-t-il. Ce soir, tu t'es surpassée.

Et il lui plaqua sur les joues deux bons gros baisers d'affaires. Nadine accueillit l'hommage avec l'insouciance que donne une longue habitude et passa dans sa loge, où parmi des gerbes de fleurs traînaient de merveilleuses toilettes brodées de dessins futuristes. L'air était lourd d'exotisme et de parfums étranges. Jeanne, l'habilleuse, déversait sur sa maîtresse, en la dévêtant, un torrent de flatteries grossières.

Un petit coup à la porte l'interrompit. Jeanne se leva et revint, une carte à la main.

— Madame reçoit-elle?

— Faites voir.

La danseuse tendit une main indolente, mais, à la vue du nom gravé sur le vélin: *Comte Serge Pavlovitch,* une lueur s'alluma au fond de ses prunelles.

— Faites entrer. Le peignoir jaune, Jeanne, et faites vite! Quand le comte entrera, vous sortirez.

— Bien, Madame.

Jeanne apporta le peignoir, adorable chiffon jaune d'or bordé d'hermine. Nadine s'en enveloppa et s'assit à sa table de toilette, battant de ses longs doigts fins la mesure d'une danse et se souriant dans son miroir.

Le comte, très svelte, très élégant, très pâle, très las, neutre de traits et de langage, un de ces hommes qu'on rencontre à la douzaine et qu'on reconnaîtrait difficilement, sans leurs allures trop maniérées, s'inclina respectueusement sur la main de Nadine.

— Madame, enchanté de vous présenter mes hommages.

C'est tout ce que Jeanne put entendre avant de fermer la porte derrière elle. Dès qu'ils furent en tête à tête, le sourire de Nadine s'évanouit.

— Bien que compatriotes, nous n'allons pas parler russe, hein? dit-elle.

— Et pour cause! répliqua son compagnon. Puisque ni vous ni moi n'en savons le premier mot.

D'un commun accord, ils adoptèrent l'anglais. Maintenant que le comte avait abandonné son accent affecté, on ne pouvait douter que ce ne fût sa langue maternelle. Il avait débuté dans la vie comme acteur à transformations dans un music-hall de Londres.

— Vous avez eu un succès formidable, ce soir, fit-il. Tous mes compliments.

— Malgré tout, répondit la danseuse, je suis toujours inquiète. Ma situation n'est plus ce qu'elle était. Je n'ai jamais pu détruire complètement les soupçons nés pendant la guerre. On m'observe et on m'espionne continuellement.

— Mais vous n'avez jamais été accusée d'espionnage?

— Le patron est trop malin, il a tout prévu.

— Vive le colonel, dit le comte. Qu'est-ce que vous en dites, vous, de sa retraite? Prendre sa retraite, lui! Comme un médecin, un plombier ou un boutiquier...

— Ou comme n'importe quel homme d'affaires, termina Nadine. Eh bien, moi, ça ne me surprend pas. Un homme d'affaires merveilleux, c'est ce que le colonel a toujours été. Il organisait les crimes comme un autre organiserait une usine. Sans se compromettre lui-même, il a conçu et dirigé une série de coups ébouriffants dans toutes les branches de sa « profession ». Vols de bijoux, documents forgés, espionnage (ça rapportait beaucoup, en temps de guerre), sabotage, assassinats discrets, il a fait de tout. Et, ce qui plus est, il a toujours su s'arrêter à temps. Le jeu devient-il trop dangereux? Il prend élégamment sa retraite, avec une fortune immense!

— Hum! fit le comte sans bonhomie. C'est plutôt désagréable pour nous. Qu'est-ce que nous allons devenir?

— Mais il ne nous laissera pas partir le ventre creux. Il est généreux comme un prince!

Quelque chose dans sa voix, une nuance dangereuse de sarcasme fit lever les yeux au comte. Nadine se souriait à elle-même d'un sourire qui l'intriguait. Mais il poursuivit, en diplomate:

— Oui, c'est vrai, le colonel n'a jamais été pingre. C'est à cela que j'attribue une grande partie de son succès, et surtout au truc du bouc émissaire. Il a toujours trouvé une victime sur qui se décharger de ses péchés. Une intelligence formidable! Un apôtre de la maxime: « Si vous voulez exécuter une chose sans danger, ne la faites pas vous-même! » Voyez, chacun de nous a bon nombre d'affaires dans son dossier, lui seul reste irréprochable: personne n'a prise sur lui.

Il s'arrêta un instant, comme pour lui donner l'occasion de le contredire, mais elle demeura souriante et silencieuse.

— Personne, répéta-t-il, personne. Et pourtant, vous le connaissez, le patron: il est diablement superstitieux. Il y a des années, il est allé voir une tireuse de cartes. Elle lui a prédit une longue période de succès: mais une femme, dit-elle, serait cause de sa chute.

Intéressée, Nadine le regarda.

— Tiens, tiens! Une femme, dites-vous?

Il sourit et haussa les épaules.

— Sans doute, maintenant qu'il a pris sa retraite, il épousera quelque belle jeune fille du grand monde, qui dissipera ses millions en moins de temps qu'il n'a pris pour les gagner.

Nadine secoua la tête.

— Non, non, cela ne se passera pas ainsi. Ecoutez, mon ami, demain je vais à Londres.

— Et votre contrat au théâtre?

— Je ne serai absente qu'une nuit. Je pars incognito, comme une reine. Personne ne saura que j'ai quitté la France. Et pour quelle raison pensez-vous que j'y aille?

— Ma foi, je ne crois pas que ce soit pour le plaisir. A la saison où nous sommes! Janvier, c'est le plus sale mois à Londres. Pour affaire, hein?

— Vous l'avez dit.

Elle se dressa face à lui, arrogante et hautaine.

— Vous venez de dire qu'aucun de nous n'avait prise sur le patron. Vous avez tort. Moi, une femme, j'ai eu l'astuce et le courage — car il y fallait du courage — de contrecarrer ses projets. Vous vous rappelez l'affaire des diamants De Beer?

— Je crois bien! A Kimberley, avant le commencement de la guerre? Je n'y ai pas pris part moi-même, et je n'ai jamais su les détails. On a étouffé l'affaire, je ne sais pas pourquoi. Il y avait de la galette là-dedans.

— Pour cent mille livres de diamants! Deux de nous ont fait le coup — bien entendu, sous les ordres du colonel. C'est alors que j'ai tenté ma chance. Le truc était de substituer quelques-uns des diamants De Beer aux échantillons de pierres précieuses apportés du Sud par deux jeunes industriels qui se trouvaient à Kimberley en ce temps-là. De la sorte, les soupçons se dirigeaient contre eux.

— Très malin, approuva le comte.

— Le colonel est toujours malin. Moi non plus, je n'ai pas été bête. J'ai bien joué mon rôle, mais j'ai gardé quelques-uns des cailloux, un ou deux sont uniques en leur genre, et il est facile de prouver qu'ils n'ont jamais passé par les mains de De Beer. Avec ces diamants, je tiens mon cher patron dans le creux de ma main. Une fois les deux jeunes gens innocentés, son rôle dans l'affaire est facile à prouver. Je n'ai rien dit toutes ces années, je me contentais de garder cette arme en réserve. Maintenant mon heure est venue et je me ferai payer. Je ne crains pas de dire que mon prix sera exorbitant.

— Très bien manigancé, dit le comte. Et sans doute, vous portez toujours ces diamants sur vous?

Ses yeux, doucement, inspectaient la loge.

Nadine eut un petit rire.

— Pas si bête. Les diamants sont en lieu sûr, où personne n'aura l'idée de les chercher.

— Je vous sais fort intelligente, chère amie, mais permettez-moi de vous dire que je vous crois un peu emballée. Le colonel n'est pas de ceux qu'on peut faire chanter.

— Je n'ai pas peur de lui. Le seul homme dont j'ai eu peur est mort.

— Espérons, fit-il en riant, qu'il ne ressuscitera pas.

— Que voulez-vous dire? s'exclama-t-elle violemment.

Il la regarda surpris de son émotion.

— Je voulais dire par plaisanterie, qu'une résurrection pareille ne ferait pas votre affaire, dit-il.

Elle eut un soupir de soulagement.

— Oh! non, il est mort, bien mort. Tué à la guerre. Cet homme m'a jadis aimée.

— En Afrique du Sud? interrogea le comte d'un ton négligent.

— Précisément.

— C'est votre pays natal, n'est-ce pas?

Elle fit un signe affirmatif. Le visiteur se leva et prit son chapeau.

— Allons, fit-il, vous voyez clair dans vos propres affaires, mais si j'étais vous, je craindrais le colonel bien plus qu'un amoureux déçu. Ce patron, sachez-le bien, est un homme qu'il est trop facile de sous-estimer.

La danseuse eut un rire méprisant.

— Comme si je ne le connaissais pas! Après tant d'années.

— Le connaissez-vous vraiment? Je me le demande, dit-il doucement. Cela m'étonnerait.

— Je ne suis vraiment pas si enfant que vous semblez le croire. Je ne me suis pas embarquée seule là-dedans. Le paquebot qui vient de l'Afrique du Sud arrive demain à Southampton, et à bord il y a un homme venu de là-bas sur mon ordre et que j'ai chargé de certaines missions. C'est à nous deux que le colonel aura affaire.

— Est-ce bien sage?

— C'est indispensable.

— Etes-vous sûre de cet homme?

Un sourire bizarre effleura les lèvres de la danseuse.

— Absolument sûre. Il ne brille pas par l'intelligence, mais on peut se fier à lui.

Elle s'arrêta un instant, puis, sur un ton d'indifférence complète, ajouta:

— Au fait, c'est mon mari.

CHAPITRE PREMIER

Voilà beau temps que tous mes amis me persécutent pour que je publie cette histoire — tous, à commencer par les grands de ce monde (représentés par lord Nasby) jusqu'aux petites gens (en l'espèce notre bonne à tout faire, Emilie). « Bon Dieu, mademoiselle, quel beau livre vous pourriez faire de tout cela. Ce serait du cinéma! »

Il faut reconnaître que je suis, dans une certaine mesure, bien qualifiée pour cette tâche. J'ai été mêlée à l'affaire depuis le début, j'ai fait le plus gros de la besogne et j'ai assisté au dénouement. En outre, les lacunes que mon savoir ne suffirait pas à remplir sont comblées par le journal intime de sir Eustace Pelder, qu'il a bien voulu mettre à ma disposition.

Donc, je m'exécute. Anne Beddingfeld entreprend le récit de sa vie mouvementée.

J'ai toujours désiré des aventures. Mon existence était d'une monotonie horrible. Mon père, le professeur Beddingfeld, était une des plus grandes autorités scientifiques en Angleterre sur la question de l'homme primitif. C'était véritablement un génie — tout le monde le reconnaît. Son esprit planait dans les époques paléolithiques, et le malheur de sa vie était que son corps habitât le monde moderne. Papa n'avait aucune estime pour ses contemporains — il méprisait même l'homme néolithique; son enthousiasme se limitait à l'âge de pierre.

Malheureusement, on ne peut pas arriver à se passer tout à fait de ses contemporains. Il faut bien entretenir des rapports quelconques avec les bouchers, les boulangers, les épiciers, les laitiers. Papa s'étant retiré dans le passé, maman étant morte quand j'étais petite fille, c'est à moi qu'incombèrent les charges matérielles de l'existence. A vrai dire, je hais l'homme paléolithique, et bien que j'aie retapé à la machine et corrigé les épreuves de l'œuvre de mon père: *L'Homme de Néanderthal et ses ancêtres,* je n'y repense qu'avec horreur, et m'estime heureuse du hasard qui a exterminé cette race en des temps éloignés.

Je ne sais pas si mon père se rendait compte de mes sentiments à cet égard; probablement non; en tout cas cela ne l'eût pas intéressé. Il n'a jamais témoigné la moindre attention à l'opinion des autres. Je crois que c'était la marque distinctive de sa grandeur. Il vivait au-dessus des nécessités de la vie quotidienne. Il mangeait sans jamais remarquer tout ce qu'on mettait devant lui, mais se montrait douloureusement surpris quand on lui annonçait qu'il fallait le payer. Nous n'avions jamais d'argent. Sa célébrité n'était pas de celles qui enrichissent. Bien qu'il fût membre de toutes les sociétés savantes, le public connaissait à peine son nom, et ses in-folios, qui ajoutaient des sommes considérables au total des connaissances humaines, restaient inconnus des masses. Une seule fois il attira sur lui l'attention du public. Il avait lu devant une assemblée savante un rapport sur les chimpanzés. Il paraît que si les enfants des hommes possèdent certains traits anthropoïdes, les petits chimpanzés, eux, approchent du type humain bien plus que les chimpanzés adultes. Par conséquent, si nos ancêtres étaient plus simiesques que nous ne le sommes, les aïeux des chimpanzés étaient, au contraire, d'un type supérieur. Autrement dit, les chimpanzés ont dégénéré. Le *Budget Quotidien,* journal le plus hardi de Londres, toujours en quête de nouvelles à sensation, publia immédiatement en première page: *Nous ne descendons pas des singes, mais les singes descendent de nous. Un grand savant déclare que les chimpanzés sont des hommes dégénérés.* Un reporter se présenta chez mon père pour lui proposer d'écrire une série d'articles populaires sur ce sujet. J'ai rarement vu papa dans une telle colère. Il invita poliment le jeune reporter à tourner les talons, à mon intense détresse car il ne lisait pas le *Budget Quotidien.* Un instant, j'eus l'idée de courir après le jeune homme et de l'informer que mon père avait changé d'avis et qu'il lui enverrait les articles en question. J'aurais pu facilement les rédiger moi-même, et mon père n'en aurait probablement jamais rien appris, car nous passions précisément par une crise financière. Mais à tout prendre c'était trop risqué. Il ne me resta donc qu'à mettre mon chapeau le moins défraîchi et aller au village, pour essayer de calmer l'épicier, animé d'une juste colère.

Le reporter du *Budget Quotidien* fut le seul jeune homme qui passa le seuil de notre maison. Il y avait des moments où j'enviais Emilie, notre petite bonne, qui sortait, dès que l'occasion se présentait, avec son fiancé, un marin costaud. Quand il voguait sur les mers, elle sortait avec le garçon boucher et le commis de la pharmacie, « pour rester en forme », disait-elle. Je me disais tristement que je n'avais personne, moi, pour « me maintenir en forme ». Tous les amis de papa étaient de vieux savants barbus et chenus. Il est vrai que le professeur Petersen, un jour, m'embrassa affectueusement et me dit que j'avais « une taille de guêpe ». Cette phrase seule suffit à le classer. Depuis que je suis née, aucune femme qui se respecte n'a songé à avoir « une taille de guêpe ».

J'avais soif d'amour et d'aventures, et je paraissais condamnée à une existence plate et ménagère. Le village possédait une bibliothèque regorgeant de romans, j'en vivais les amours et les dangers, et je me couchais le soir pour rêver de ces hommes « forts et bronzés » qui « abattent leurs adversaires d'un seul coup ». Il n'y avait personne autour de moi qui eût l'air de pouvoir « abattre » un adversaire d'un seul coup ni même de plusieurs.

Il y avait aussi un cinéma qui renouvelait son programme toutes les semaines. Oh! *Les Aventures de Paméla* en douze épisodes! Paméla était une jeune femme extraordinaire, bravant impunément tous les dangers. Elle sautait du haut des avions, naviguait dans des sous-marins, grimpait sur les toits des gratte-ciel et s'aventurait dans le monde des criminels sans qu'un seul cheveu tombât de sa tête.

Elle n'était pas une maligne, car le Grand Maître des criminels l'attrapait sans cesse, mais, comme il ne pouvait se résoudre à l'assommer une fois pour toutes d'un bon coup sur le crâne et qu'il la condamnait à être asphyxiée ou électrocutée dans une cellule souterraine, le héros trouvait toujours moyen de la sauver au début de l'épisode de la semaine suivante. Je revenais du cinéma la tête en feu, en proie à un délire romantique, et je trouvais une lettre de la Compagnie du Gaz qui menaçait de couper le courant si on ne payait pas la note.

Et pourtant, sans que je m'en doutasse, chaque instant me rapprochait de la grande Aventure.

Il est possible qu'il y ait au monde des gens qui n'ont jamais entendu parler de la découverte d'un crâne à Rhodésia. Mon père, lui, faillit en mourir d'apoplexie. Un matin, en revenant du marché, je le trouvai dans un état de démence.

— Tu te rends compte, Anne? Ce crâne a une certaine ressemblance avec le crâne de Java, mais superficielle — très superficielle. C'est — j'en suis certain et je l'ai toujours maintenu — la forme ancestrale de la race de Néanderthal. On me dit que le crâne de Gibraltar est le plus primitif des crânes de Néanderthal. Pourquoi? Le berceau de la race était en Afrique. Quand ils émigrèrent en Europe...

— Ne mettez pas de confitures sur votre jambon, papa, l'interrompis-je en le saisissant par la main. Pardon, vous me disiez que?...

— Quand ils émigrèrent en Europe...

Se levant tout à coup, il déclara:

— Nous devons partir immédiatement. Il n'y a pas de temps à perdre. Je suis sûr de trouver des restes de bœuf primitif, peut-être même de rhinocéros. Il nous faut être les premiers là-bas. Il paraît qu'une expédition s'y dirige déjà. Ecris immédiatement à Cook, Anne.

— Et l'argent, papa? demandai-je aussi délicatement que possible.

Il me regarda d'un air de reproche.

— Ton point de vue me peine toujours, mon enfant. Nous ne devons pas être mercantiles quand il y va de la science.

— Mais j'ai peur que Cook ne soit mercantile, papa.

Mon père haussa les épaules.

— Ma chère Anne, tu payeras Cook en argent comptant.

— Mais je n'ai pas d'argent comptant, papa.

Il eut un geste exaspéré.

— Mon enfant, finiras-tu de m'ennuyer avec ces détails sordides? Va à la banque — j'ai obtenu quelque chose de l'administrateur, hier — il paraît qu'il reste vingt-sept livres...

— C'est-à-dire que nous avons dépassé le crédit de vingt-sept livres, papa.

— Eh bien, écris à mes éditeurs!

Je gardais le silence. Les livres de papa rapportaient plus de gloire que d'argent. Cependant, un voyage en Rhodésia m'aurait plu.

« Les Rhodésiens sont des hommes forts et bronzés », répétai-je intérieurement en une sorte d'ivresse. Puis je remarquai quelque chose de singulier dans l'aspect de mon père.

— Papa, dis-je, enlevez votre soulier jaune et mettez le noir. On porte d'ordinaire la paire d'une seule couleur. Et surtout, n'oubliez pas votre cache-nez. Il fait très froid.

Quelques minutes après, mon père partit, portant un cache-nez et deux souliers noirs.

Le soir, il revint sans écharpe ni pardessus.

— Tiens, c'est vrai, dit-il. Je les ai oubliés dans la caverne. Je les avais enlevés pour ne pas les salir.

Car un jour il était revenu couvert de la tête aux pieds de macules argileuses provenant de ses investigations dans le pléistocène.

La raison principale pour laquelle nous habitions le village de Little Hampsly était la proximité d'une caverne fameuse, riche en vestiges de la civilisation aurignacienne. Nous avions un petit musée, au village; le conservateur et papa passaient leurs journées à exhumer dans la caverne, par petits fragments, des ours et des rhinocéros primitifs.

Toute la soirée mon père toussa, le lendemain il fut pris de fièvre et je dus appeler le médecin.

Pauvre papa, il n'avait jamais eu de chance! C'était une congestion pulmonaire. Quatre jours après, il mourut.

CHAPITRE II

Tout le monde fut très bon pour moi. J'appréciais la bienveillance de mon entourage. Il faut bien le dire, je n'étais pas accablée de chagrin. Mon père ne m'avait jamais aimée, je ne le savais que trop. S'il m'avait aimée, je l'aurais aimé aussi. Non, il n'y avait pas eu de tendresse entre nous, mais nous formions quand même une famille; je l'avais soigné, j'avais secrètement admiré son érudition immense et son dévouement intransigeant à la science. J'étais peinée de le voir mourir au moment où la vie l'intéressait le plus. J'aurais voulu l'enterrer dans la caverne, mais l'opinion publique réclama une tombe décente dans notre affreux petit cimetière villageois. Les consolations du vicaire, bien que sincères, ne m'apaisèrent pas le moins du monde.

Il me fallut quelque temps pour commencer à me rendre compte que ce que j'avais souhaité le plus — la liberté — m'appartenait enfin. J'étais orpheline, presque sans le sou, mais libre! C'est ce qui terrifiait toutes ces bonnes gens, dont la gentillesse était touchante. Le vicaire tenta de me persuader que sa femme avait absolument besoin d'une demoiselle de compagnie. Notre petite librairie de village réclama soudain une employée de plus. Finalement, le docteur me rendit visite, et après avoir invoqué les prétextes les plus ridicules pour s'excuser de ne pas se faire payer, bredouilla, bégaya, balbutia et me proposa soudain de l'épouser.

Je fus extrêmement surprise. Le docteur était un petit bonhomme rondelet approchant de la quarantaine. Il ne ressemblait pas plus au héros des *Aventures de Paméla* qu'aux Rhodésiens forts et bronzés. Je réfléchis un instant, puis je lui demandai pourquoi il désirait m'épouser. Cette question parut le déconcerter, et il marmotta qu'un médecin avait toujours besoin d'une femme en qualité d'auxiliaire. La situation me sembla des moins romanesques, et pourtant une voix intérieure me conseillait de m'y résigner. Une vie assurée, voilà ce qu'on m'offrait — avec un foyer confortable. Maintenant, quand j'y pense, je crois que j'étais injuste envers le bonhomme. Il était vraiment épris, mais une délicatesse excessive l'empêchait de me le dire. Quoi qu'il en soit, mon amour du romanesque prit le dessus.

— Vous êtes trop bon, dis-je, mais c'est impossible. Je ne pourrai jamais épouser un homme sans l'aimer.

— Vous ne croyez pas que?...

— Non, dis-je fermement, je ne crois pas.

Il soupira.

— Mais, ma chère enfant, que comptez-vous faire?

— Voir le monde et avoir des aventures, répliquai-je sans la moindre hésitation.

— Miss Anne, vous êtes encore une enfant. Vous ne comprenez pas...

— Les difficultés pratiques? Mais si, docteur. Je ne suis pas une écolière sentimentale, je suis la plus mercantile des femmes. Vous avez de la chance de ne pas m'épouser!

— Je voudrais que vous réfléchissiez.

— C'est tout réfléchi.

Il soupira de nouveau.

— J'ai une autre proposition à vous faire. J'ai une tante au pays de Galles qui cherche une jeune lectrice. Cela vous conviendrait-il?

— Non, docteur, j'irai à Londres. Des aventures, on n'en a qu'à Londres. Parions qu'il m'arrivera quelque chose! Vous entendrez parler de moi quand je serai en Chine ou à Tombouctou.

Le visiteur suivant qui m'apporta ses condoléances fut Mr. Flemming, le notaire de papa, qui habitait Londres. Anthropologiste ardent, il admirait religieusement l'œuvre de mon père. C'était un homme long et maigre, avec un visage allongé et des cheveux grisonnants. Prenant mes deux mains dans les siennes, il les tapota affectueusement.

— Pauvre enfant, dit-il. Pauvre, pauvre petite!

Avec une hypocrisie consciente, j'assumai le rôle de l'orpheline en deuil. C'était sa faute. Il était par trop paternel, et il me considérait comme une enfant sans défense, abandonnée à elle-même, perdue dans le vaste monde. Dès le début, je sentis qu'il était inutile d'essayer de le convaincre du contraire.

— Ma chère petite, êtes-vous en état de m'écouter? Je vais tâcher de vous mettre au courant.

— Oh! oui.

— Votre père, vous le savez, était un grand homme. La postérité lui rendra hommage. Mais ce n'était pas un homme d'affaires.

Je le savais aussi bien que Mr. Flemming, mais je m'abstins de le lui dire. Il continua:

— Je ne crois pas que vous y entendiez grand-chose. Cependant, je tâcherai de m'expliquer le mieux possible.

Il s'expliqua si bien que je compris qu'il me restait pour vivre une somme de quatre-vingt-sept livres et dix-sept shillings. J'attendis en bouillant intérieurement d'impatience ce qu'il allait énoncer encore. J'étais sûre qu'il avait une tante en Ecosse, en quête d'une demoiselle de compagnie. Mais non, il ne s'agissait pas de cela.

— Maintenant, poursuivit-il, parlons de votre avenir. Vous n'avez pas de parents?

— Je suis seule au monde, dis-je, et ma similitude avec les héroïnes des films cinématographiques me frappa une fois de plus.

— Avez-vous des amis?

— Tout le monde a été très gentil pour moi, répondis-je, pleine de gratitude.

— Comment ne pas l'être pour une enfant si jeune et si charmante? répliqua galamment Mr. Flemming. Allons, allons, ma petite, voyons un peu ce que je peux faire pour vous.

Il hésita une minute, puis:

— Dites donc, si vous passiez quelque temps chez nous?

Je saisis la balle au bond. Londres, la ville où il m'arriverait des choses — des choses!...

— Que vous êtes bon! dis-je. C'est vrai, vous voulez bien? En attendant que je trouve quelque situation, car il faudra que je gagne ma vie, vous savez.

— Oui, oui, mon enfant. Je comprends très bien. Nous vous trouverons quelque chose qui vous convienne.

J'eus l'intuition que les idées de Mr. Flemming, par rapport à « quelque chose qui me convienne » différaient totalement des miennes, mais ce n'était pas le moment d'approfondir la question.

— Donc, c'est entendu. Pourquoi pas aujourd'hui même?

— Oh! merci infiniment, mais est-ce que Mrs. Flemming?...

— Ma femme sera enchantée de vous accueillir.

Quant à cela... Je me demande si les hommes connaissent vraiment leurs femmes aussi bien qu'ils le croient? Si j'avais un mari, je ne serais pas enchantée de le voir m'amener des orphelines sans même m'avoir consultée!

— Nous lui enverrons une dépêche tout de suite, déclara le notaire.

Mes malles furent vite faites. Je contemplai tristement mon chapeau avant d'y enfoncer ma tête. Ç'avait été au début un chapeau de bonne à tout faire — j'entends par là le genre de chapeau que les bonnes devraient porter quand elles sortent — si elles étaient convenables! Une espèce d'architecture en paille noire, d'aspect vénérable. J'en avais chiffonné la calotte, replié les bords et couronné le tout — trouvaille de génie! par une espèce de carotte cubiste. Le résultat avait été très chic. Maintenant, bien entendu, j'enlevai la carotte et je défis le reste de mon ouvrage. La « bonne à tout faire » reprit son apparence première, avec, en plus, un air d'invalide de guerre qui la rendait tout à fait respectable. Je tentai de me rapprocher le plus possible de l'image qu'on se fait généralement d'une orpheline. J'étais un peu inquiète de la réception de Mrs Flemming, mais j'espérais que ma mine piteuse la désarmerait.

Mr. Flemming, lui aussi, était inquiet. Je m'en rendis compte lorsque nous montâmes l'escalier de la maison du Kensington, quartier tranquille et bourgeois. Mrs Flemming m'accueillit assez aimablement. C'était une femme grasse et placide, du type « mère de famille et bonne ménagère ». Elle m'emmena dans une chambre immaculée, me demanda si je n'avais besoin de rien, m'informa que le thé serait servi dans un quart d'heure et m'abandonna à moi-même.

J'entendis sa voix, légèrement pointue, au moment où elle entrait dans le salon.

— Maintenant, Henri, expliquez-moi...

Le reste se perdit, mais le ton était suffisamment acerbe. Quelques instants plus tard, un autre bout de phrase me parvint, d'une voix encore plus acide:

— D'accord, elle est très jolie. *Très!*

Vrai, la vie est trop dure. Les hommes ne veulent pas de vous si vous n'êtes pas jolie, et les femmes ne vous supportent pas si vous l'êtes.

Avec un soupir profond, je me mis en devoir de me recoiffer. J'ai de beaux cheveux. Ils sont noirs, pas châtain foncé, mais du noir le plus noir! Impitoyablement, je les tirai en arrière, m'appliquant à faire le chignon le plus démodé. Quand j'eus fini, je me trouvai ressembler incroyablement à ces petites pensionnaires d'orphelinat qui s'en vont à la queue leu leu par les rues, toutes de noir vêtues, coiffées d'un petit bonnet.

Mrs Flemming, quand je descendis, me considéra avec une certaine bienveillance. Quant à Mr. Flemming, il me contemplait, effaré. Je le sentais se dire: « Qu'est-ce que cette petite a bien pu fabriquer? »

Somme toute, la journée se passa sans incidents. On convient que je me mettrais immédiatement à la recherche d'un travail convenable.

Le soir, avant de me coucher, je me contemplai gravement dans le miroir. Etais-je vraiment jolie? Franchement, je ne trouvais pas. Je n'avais ni le nez classique, ni la petite bouche en cœur qu'il faut avoir pour être jolie. Il est vrai qu'un curé m'avait dit un jour que mes yeux étaient « comme des rayons de soleil dans une forêt noire », mais j'aurais préféré des yeux bleus aux miens, qui étaient verts comme ceux d'un chat et tachetés de jaune. Tant pis, le vert ne fait pas mal pour une aventurière.

Je m'enveloppai le buste d'une écharpe noire, laissant nus mes bras et mes épaules. Puis je défis mon chignon d'orpheline et je laissai flotter mes cheveux. Je me poudrai abondamment, pour faire paraître ma peau plus blanche encore. Déterrant un vieux bâton de rouge, j'en frottai vigoureusement mes lèvres. A l'aide d'un bouchon brûlé, je noircis mes yeux. Enfin je jetai un ruban rouge sur mon épaule nue, piquai une plume écarlate dans mes cheveux noirs, et plaçai une cigarette entre mes lèvres. L'ensemble ne me déplut pas.

— Anna l'aventurière, déclarai-je tout haut, faisant signe, cordialement, à mon image au miroir. Anna l'aventurière! Episode un: La Maison de Kensington!

Les petites filles sont parfois bien folles.

CHAPITRE III

Durant les semaines qui suivirent, je m'ennuyai considérablement. Mrs Flemming et ses amies me faisaient bâiller. Elles s'entretenaient, pendant des heures et des heures, d'elles-mêmes, de leurs enfants, des scandales qu'elles causaient chez la laitière quand le lait n'était pas frais. Puis elles passaient au chapitre des domestiques et parlaient de la difficulté de trouver de bonnes cuisinières, racontaient tout ce qu'elles avaient dit à la directrice du bureau de placement, et ce que cette dame leur avait répondu. Elles semblaient ne jamais lire les journaux et ne pas se soucier de ce qui se passait dans le vaste monde. Elles n'aimaient pas voyager — car elles n'admettaient d'autre pays que l'Angleterre et si elles faisaient une exception en faveur de la Côte d'Azur, c'est qu'on y rencontrait tous les Anglais.

Quand je les entendais parler, je me contenais avec peine. La plupart de ces femmes étaient riches. L'univers entier, avec ses merveilles, était à leur disposition — mais elles préféraient rester dans leur quartier, dans ce Londres sale et ennuyeux, et causer de laitières et de cuisinières. Lorsque j'y pense maintenant, je me reproche un peu mon intolérance, mais ces dames étaient, réellement, d'une sottise rare.

Mes affaires ne semblaient pas vouloir avancer. La maison et le mobilier vendus, le montant avait tout juste suffi à payer nos dettes. Jusqu'à présent, je n'avais pas réussi à trouver une situation. Il est vrai que je m'en souciais comme d'une guigne. J'étais fermement persuadée qu'à force de chercher l'Aventure, elle viendrait au-devant de moi. C'est ma théorie favorite: je crois qu'on obtient toujours ce qu'on veut.

Cette théorie était sur le point de se réaliser en fait.

C'était le 8 janvier. Regagnant le gîte après un entretien inutile avec une vieille dame qui affirmait qu'elle cherchait une secrétaire, mais demandait en réalité une femme de ménage pour douze heures par jour et vingt-cinq livres par an, je traversai le Hyde Park jusqu'au métro, entrai et pris un ticket.

A l'extrémité du quai, désert à cette heure de l'après-midi, se tenait un homme. Comme je me promenais de long en large, je flairai, en passant devant lui, une odeur qui me porte toujours sur les nerfs — celle de la naphtaline. Son pardessus semblait sortir à l'instant d'une malle. Cependant les hommes commencent d'ordinaire à porter leurs pardessus d'hiver bien avant le mois de janvier: l'odeur aurait dû s'évaporer depuis longtemps. L'inconnu semblait abîmé dans ses pensées, et je pouvais l'observer sans inconvénients. C'était un petit bonhomme maigrelet, au visage hâlé, aux yeux bleus, à la barbiche noire.

« Il vient d'arriver de l'étranger, des Indes, probablement, me dis-je. C'est ce qui explique l'odeur de son pardessus. Ce n'est pas un officier, il serait rasé. Un planteur, peut-être...

A cet instant l'homme se retourna comme pour reprendre sa promenade le long du quai. Il me regarda une seconde, puis ses yeux se fixèrent sur je ne sais quoi qui se trouvait derrière moi, et son visage changea, soudain convulsé par une peur panique. Il recula d'un pas, pour fuir un danger subit, mais, oubliant qu'il se trouvait sur le bord du quai, il culbuta et s'écroula sur la voie.

Une étincelle et un crépitement jaillirent des rails. Je jetai un cri. Des passagers accoururent de l'autre bout du quai. Deux employés, sortis je ne sais d'où, s'empressèrent.

Je restai clouée au sol par une sorte de fascination horrible. Une partie de mon moi était terrifiée par le désastre subit, une autre observait froidement et avec intérêt la façon dont on soulevait le corps étendu sur les rails et le transportait sur le quai.

— Laissez-moi passer. Je suis médecin.

Un homme de grande taille, avec une barbe châtain, passa devant moi et se pencha sur le corps immobile.

Pendant qu'il l'examinait, j'éprouvai une curieuse sensation d'irréalité. Ce ne pouvait être, ce n'était pas. Finalement, le médecin se redressa et secoua la tête.

— Fini. Rien à faire.

Nous nous étions tous groupés autour du corps, quand un employé éleva la voix:

— Reculez, mais reculez donc! Ça ne sert à rien de rester ici.

Prise d'une horreur soudaine, je me détournai et

montai l'escalier quatre à quatre. C'était trop affreux. J'avais besoin de m'emplir les poumons d'air frais. Le médecin qui venait d'examiner le cadavre me précédait. L'ascenseur était sur le point de monter, et le médecin se mit à courir pour l'atteindre à temps. Je suivis son exemple. En courant, il laissa tomber une feuille.

Je m'arrêtai, la ramassai et me précipitai pour la rendre. Trop tard, l'ascenseur montait, et lui avec. Je restai sur le quai, le papier en main. Au moment où l'ascenseur suivant me déposa à la sortie du métro, mon homme avait disparu. Espérant qu'il n'avait rien perdu d'important, j'examinai pour la première fois ma trouvaille.

C'était une simple feuille de papier blanc avec quelques mots et quelques chiffres griffonnés au crayon. En voici un fac-similé:

17.122 Kilmorden Castle

Evidemment, c'était sans importance. Cependant, j'hésitai à le jeter. Comme je le tortillais entre mes doigts, une affreuse odeur me fit faire la grimace. Encore la naphtaline! Je portai le papier à mon nez. Oui, c'était indiscutable, il puait la naphtaline. Mais alors?...

Je pliai soigneusement le document et le mis dans mon sac à main. Puis, je retournai lentement à la maison tout en réfléchissant.

J'expliquai à Mrs Flemming que j'avais été témoin d'un accident affreux dans le métro et que je voudrais me retirer dans ma chambre et m'étendre un peu. La brave femme me fit prendre d'abord une tasse de thé. Ensuite on me laissa seule — et libre d'exécuter le projet que j'avais formé en route. Je voulais me rendre compte de ce qui avait provoqué en moi cette sensation bizarre d'irréalité, au moment où j'observais le docteur penché sur le corps. Je m'étendis sur le plancher dans l'attitude du cadavre, ensuite je mis le traversin à ma place, puis je m'efforçai de répéter, autant que je me les rappelais, tous les gestes et mouvements du docteur. Quand j'eus fini, je savais ce que je voulais savoir.

Dans les journaux du soir, quelques lignes brèves annonçaient l'accident dans le métro; on se demandait si ce n'était pas un suicide. Mon devoir dans cette affaire était tout indiqué. Mr. Flemming, quand il entendit mon histoire, se déclara entièrement de mon avis.

— Certainement, votre déposition est nécessaire à l'enquête. Vous dites qu'il n'y avait personne à cet endroit, excepté vous? Personne pour voir ce qui se passait?

— J'avais la sensation que quelqu'un se trouvait derrière moi, mais je n'en suis pas certaine — d'ailleurs, quoi qu'il en fût, j'étais plus près de l'homme que n'importe qui!

On ouvrit l'enquête. Mr. Flemming lui-même me conduisit à l'instruction. Il semblait craindre que ce ne fût une trop rude épreuve pour mes nerfs, et je fus forcée de lui cacher mon parfait sang-froid.

On identifia le défunt. Il s'appelait L.B. Carton. On n'avait trouvé dans ses poches que le papier d'une agence de location pour la visite d'une maison à louer à Marlow, au nom de M.L.B. Carton, Russell Hotel. Le patron de l'hôtel le reconnut. Il était arrivé la veille et avait pris une chambre sous ce nom. Sur la feuille de renseignements il avait écrit: L.B. Carton, venant de Kimberley, Afrique du Sud. Il venait tout droit du paquebot.

J'étais la seule personne qui eût assisté à la chute.

— Vous croyez que c'était un accident? me demanda le juge d'instruction.

— J'en suis sûre. Il a eu peur de je ne sais quoi et il a reculé aveuglément sans penser à ce qu'il faisait.

— Mais qu'est-ce qui a pu lui causer cette alarme?

— Je n'en sais rien. Mais il y avait quelque chose. Il était pris de panique.

Un membre du jury émit la supposition qu'il avait pu apercevoir un chat. Il y a des gens qui ont peur des chats. L'idée ne me parut pas brillante, mais ce n'était pas l'avis du jury, pressé de rentrer à la maison et heureux de trouver une explication susceptible de faire prévaloir la version de l'accident sur celle du suicide.

— Ce qui m'étonne, déclara le juge, c'est que le médecin qui a examiné le corps ne se soit pas encore présenté jusqu'ici. On aurait dû prendre son nom et son adresse.

Je souris intérieurement. J'avais ma théorie à moi en ce qui concernait le médecin. En conséquence, je résolus de faire une petite visite à Scotland Yard le lendemain matin.

Mais le lendemain fut gros de surprises. Les Flemming étaient abonnés au *Budget Quotidien*. Enfin, ce journal avait trouvé la nouvelle sensationnelle qu'il cherchait!

SUITE DE L'ACCIDENT DANS LE MÉTRO.
ON TROUVE UNE FEMME ASSASSINÉE
DANS UNE VILLA INHABITÉE

Je me jetai sur le journal.

On vient de découvrir un tragique mystère à la Villa du Moulin, à Marlow, appartenant à sir Eustace Pelder, membre du Parlement. Cette propriété est à louer, non meublée, et l'on se rappelle qu'on a trouvé un visa d'une agence de location, portant l'adresse de cette villa, dans la poche de l'homme mort dans le métro, station Hyde Park. On a cru d'abord qu'il s'était suicidé en se jetant sur la voie. Hier, on a découvert dans une chambre du second étage de la Villa du Moulin le corps d'une belle jeune femme étranglée. On la croit étrangère, mais jusqu'ici on n'a pas réussi à l'identifier. La police, qui croit avoir la clef de l'affaire, suit une piste. Sir Eustace Pelder, propriétaire de la Villa du Moulin, se trouve actuellement sur la Côte d'Azur, où il passe la saison.

CHAPITRE IV

Personne ne se présenta pour aider à identifier la femme assassinée. L'enquête tira au clair les faits suivants:

Le 8 janvier, vers une heure, une femme élégante, avec un léger accent étranger, se présenta à l'agence de location Butler et Park, à Knightsbridge. Elle déclara qu'elle désirait louer ou acquérir une villa dans la banlieue, le plus près possible de Londres. On lui en indiqua plusieurs, y compris la Villa du Moulin. Elle donna le nom de Mme de Castina, au Ritz, mais ce nom ne se trouva pas porté sur le registre, et les employés de l'hôtel ne reconnurent pas le corps.

Mrs. James, femme du jardinier de sir Eustace Pelder, qui était concierge de la villa et habitait une petite loge située près de la route, fit ses dépositions. Vers trois heures de l'après-midi, une dame vint visiter la propriété. Elle présenta un visa de l'agence de location, et, comme de coutume, Mrs. James lui remit les clefs. La maison était située à une certaine distance de la loge, et la concierge n'accompagnait pas les visiteurs. Quelques minutes plus tard, un jeune homme arriva. Mrs. James le décrivit comme étant de grande taille, aux épaules larges, avec un visage bronzé et des yeux gris. Il était rasé de frais et portait un complet marron. Il expliqua qu'il était un ami de la dame qui venait d'entrer, mais s'était arrêté au bureau de poste pour expédier une dépêche. Elle le laissa rejoindre la visiteuse et n'y pensa plus.

Peu de temps après, il reparut, lui rendit les clefs et déclara que la villa, à leur regret, ne leur conviendrait pas. Mrs. James ne revit pas la dame, mais crut qu'elle était partie la première. Cependant elle remarqua le visage défait du jeune homme. « Il avait l'air de quelqu'un qui a vu un fantôme. J'ai cru qu'il avait eu un malaise. »

Le lendemain, un autre couple étant venu découvrit le corps étendu sur le plancher d'une des chambres du second. Mrs. James reconnut la dame de la veille. Les agents de location reconnurent également « Mme de Castina ». Le médecin de la police déclara que la femme devait être morte depuis environ vingt-quatre heures. Le *Budget Quotidien* en conclut que l'homme du métro avait assassiné la femme et s'était ensuite suicidé. Mais, étant donné que l'accident de la station Hyde Park avait eu lieu à deux heures et que la femme était encore vivante à trois, on n'en pouvait conclure qu'à une de ces coïncidences si fréquentes dans la vie.

On porta un verdict d'assassinat « contre inconnu ou inconnus », et la police (sans compter le *Budget Quotidien*) dut affronter une tâche nouvelle: retrouver « l'homme au complet marron ». Mrs. James affirmant catégoriquement que la maison était vide quand la dame y entra, et que personne, excepté le jeune homme, ne passa le seuil jusqu'au lendemain, on n'en pouvait tirer qu'une seule conclusion: l'homme au complet marron était l'assassin de la malheureuse Mme de Castina. Elle avait été étranglée avec un bout de corde noire. Il était évident qu'elle avait été prise au dépourvu, sans une seconde pour jeter un cri. Son sac à main de satin noir contenait un porte-monnaie bien garni, un fin mouchoir de dentelles et le coupon de retour d'un ticket de première pour Londres.

Tels étaient les détails publiés avec force commentaires par le *Budget Quotidien*, dont le mot d'ordre était: « Trouvez l'homme au complet marron! » Cinq cents personnes par jour, en moyenne, écrivaient à la rédaction pour annoncer qu'ils avaient mis la main sur le criminel, et les jeunes gens de grande taille, avec un visage bronzé, maudissaient le jour où leurs tailleurs leur avaient conseillé de choisir un complet marron. L'accident du métro, considéré comme une simple coïncidence, s'était effacé de la mémoire de tous.

N'était-ce vraiment qu'une coïncidence? Je n'en étais pas sûre. Peut-être n'était-ce que ma fantaisie — j'avais fait de l'accident du métro un roman mystérieux selon mes vœux — mais il semblait y avoir une sorte de lien entre ces deux événements fatals. Dans chacun il y avait un homme au visage bronzé — selon toute évidence un Anglais arrivant de l'étranger — et ce n'était pas tout. Il y avait autre chose, et ce fut cet « autre chose » qui me força enfin à faire une démarche qui me semblait assez hardie. Je me présentai à Scotland Yard et demandai à voir le commissaire de police chargé de l'affaire de la Villa du Moulin.

L'inspecteur Meadows était un petit homme rouquin qui n'avait rien d'aimable. Un satellite se tenait muet dans un coin.

— Bonjour, monsieur l'inspecteur, fis-je nerveuse.

— Bonjour, miss. Veuillez vous asseoir. On me dit que vous désirez me donner un renseignement que vous croyez utile.

Son ton paraissait indiquer que cette possibilité lui semblait exclue. Je me sentis agacée.

— Vous vous rappelez l'accident dans le métro? L'homme avait dans sa poche le visa d'une agence de location avec l'adresse de la Villa du Moulin.

— Ah! oui, fit l'inspecteur. Vous êtes miss Beddingfeld, vous avez fait votre déposition au moment de l'enquête. Mais oui, cet homme avait cette adresse-là dans sa poche. D'autres l'avaient aussi, sans aucun doute — et pourtant ils n'en sont pas morts.

J'entrepris l'attaque.

— Cela ne vous paraît pas étrange que cet homme n'ait pas eu de ticket dans sa poche?

— Un ticket, ça se perd facilement.

— Et pas d'argent?

— Il y en avait un peu dans les poches de son pantalon.

— Et pas de carnet?

— Tout le monde n'en a pas.

— Cela ne vous étonne pas que le docteur n'ait jamais reparu?

— Les hommes occupés ne lisent pas toujours

les journaux. Il a probablement oublié l'incident.

— Je vois, dis-je suavement, que vous êtes décidé à ne rien trouver étrange.

— A vrai dire, miss Beddingfeld, je crois que vous êtes, vous, décidée à tout trouver étrange. Les jeunes filles sont un peu romanesques, vous savez — les mystères, les intrigues, etc. Quant à moi, j'ai beaucoup à faire, et...

Saisissant l'allusion, je me levai.

Le satellite dans le coin murmura humblement:

— Si miss Beddingfeld voulait bien nous dire brièvement son point de vue sur l'affaire, monsieur l'inspecteur?

— Allons, allons, dit l'inspecteur, ne prenez pas la mouche, miss Beddingfeld. Vous avez une idée de derrière la tête. Dites ce que c'est.

J'hésitai entre ma dignité offensée et le désir ardent de produire ma théorie du mystère. Finalement, lâchant ma dignité:

— Eh bien! dis-je, l'homme est tombé parce qu'il a eu peur. Qui a pu lui faire peur? Pas moi. Quelqu'un derrière moi. Quelqu'un qui se dirigeait vers lui — et qu'il a reconnu.

— Vous n'avez vu personne?

— Personne, admis-je. Je ne me suis pas retournée. Mais dès qu'on ramena le corps sur le quai, un homme s'avança, disant qu'il était un médecin.

— Rien de bizarre à cela, dit sèchement l'inspecteur.

— Mais ce n'était pas un médecin.

— Quoi?

— Ce n'était pas un médecin, répétai-je.

— Comment le savez-vous, miss Beddingfeld?

— C'est difficile à expliquer. J'ai travaillé dans les hôpitaux, pendant la guerre, et j'ai vu des médecins examiner les corps. Il y a une espèce de savoir-faire professionnel que cet homme n'avait pas. En outre, un médecin ne cherche pas le cœur à droite.

— Il a fait cela?

— Oui, je ne l'ai pas enregistré consciemment à ce moment-là, j'ai simplement senti quelque chose d'insolite. Mais j'ai reconstitué la scène plus tard, et j'ai compris le pourquoi de mon étonnement.

— Hum, fit l'inspecteur qui prit son stylo.

— En palpant le corps, il a pu tirer des poches tout ce qu'il voulait.

— Invraisemblable, marmonna l'inspecteur. Enfin, pouvez-vous le décrire?

— Grand, les épaules larges, un pardessus foncé, des souliers noirs, un melon, des lunettes et une barbe châtain en pointe.

— Si vous enlevez le pardessus, la barbe et les lunettes, il ne reste pas grand-chose pour l'identifier, ronchonna l'inspecteur. Il pourrait changer d'aspect en cinq minutes — il le ferait s'il était le pickpocket pour lequel vous le prenez.

Ce n'était pas du tout mon idée. Mais, à partir de ce moment, je renonçai à convaincre l'inspecteur.

— Autre chose à signaler? demanda ce dernier comme je me levai pour partir.

— Oui, fis-je, profitant de l'occasion pour lui lancer une dernière pointe avant de m'en aller. Sa tête était nettement brachycéphale. Pas facile à changer, ça!

Et je remarquai avec plaisir, en m'en allant, que le stylo de l'inspecteur restait suspendu en l'air. De toute évidence, il ignorait l'orthographe du mot brachycéphale.

CHAPITRE V

Cédant au premier mouvement d'indignation, j'accomplis la démarche suivante avec une hardiesse inattendue. J'avais eu un plan de derrière la tête en arrivant à Scotland Yard. Je me proposais de l'exécuter si mon entretien avec l'inspecteur ne me satisfaisait pas. La condition était remplie à souhait. En état de révolte, on accomplit aisément des choses que d'ordinaire on ne tenterait même pas. Sans me donner le temps de réfléchir, je me dirigeai tout droit vers la maison de lord Nasby.

Lord Nasby était le directeur millionnaire du *Budget Quotidien*. Il possédait, bien entendu, bon nombre de journaux, mais celui-là était son enfant de prédilection. C'est en qualité de directeur du *Budget Quotidien* qu'il était connu de la population entière du Royaume-Uni. Je savais fort bien où trouver ce grand personnage dont un journal venait de publier l'emploi du temps. En ce moment, il devait être chez lui, en train de dicter des lettres à son secrétaire.

Bien sûr, je me rendais compte qu'on n'admettrait pas tout de go en son auguste présence la première jeune femme venue. Mais j'avais pensé à arranger les choses. Chez les Flemming, parmi les cartes de visite traînant sur un plateau, j'avais remarqué celle du marquis de Loamsley, un des plus grands sportsmen d'Angleterre. Je subtilisai cette carte et y griffonnai ces mots: *Veuillez accorder quelques instants à miss Beddingfeld.* Une aventurière ne doit pas être trop scrupuleuse sur le choix de ses moyens.

Tout marcha comme sur des roulettes. Un laquais poudré s'empara de la carte et l'emporta. Un secrétaire parut. Après une passe d'armes, il se retira vaincu. Lorsqu'il revint, il m'enjoignit de le suivre. Je pénétrai dans un vaste salon. Une dactylo effarouchée s'évapora comme un fantôme. La porte se referma et je me trouvai face à face avec lord Nasby.

Gros homme. Grosse tête. Grosse moustache. Gros ventre. Je rassemblai mes forces. Je n'étais pas venue dans le but d'admirer le ventre de lord Nasby. Déjà, il vociférait:

— Eh bien! quoi? Qu'est-ce qu'il a encore? Que me veut-il, Loamsley? Vous êtes sa secrétaire, vous? De quoi s'agit-il?

— Premièrement, déclarai-je avec tout le sang-froid dont j'étais capable, je ne connais pas lord Loamsley, et lui me connaît certainement encore moins. J'ai pris sa carte sur un plateau dans le salon de mes amis et j'y ai écrit ces quelques mots moi-même. Il fallait absolument que je vous voie.

Un instant, la situation parut incertaine. Lord Nasby allait-il, n'allait-il pas avoir une attaque d'apoplexie? Finalement, après avoir failli étouffer, il avala sa salive et se remit d'aplomb.

— J'admire votre sang-froid, jeune personne. Eh

bien! vous avez réussi: vous me voyez. Si vous arrivez à m'intéresser, vous aurez ce plaisir-là encore deux minutes.

— Ça me suffira amplement, répliquai-je. Je suis sûre de vous intéresser. C'est au sujet du mystère de la Villa du Moulin.

— Si vous avez trouvé l'Homme au complet marron, écrivez à la rédaction, interrompit-il.

— Si vous m'interrompez, je ne finirai pas en deux minutes, déclarai-je sèchement. Je n'ai pas trouvé l'Homme au complet marron, mais je compte y réussir d'ici peu.

Là-dessus, aussi brièvement que possible, je contai ce qui s'était passé dans le métro et les conclusions que j'en avais tirées. Quand je terminai, il me demanda subitement:

— Que savez-vous des crânes brachycéphales?

Je nommai mon père.

— L'homme aux singes, hein? Eh bien! jeune personne, je crois qu'il y a de la cervelle dans votre crâne à vous. Mais tout ça, ce ne sont que des suppositions. Pas de faits. Rien qui vaille.

— Je m'en rends parfaitement compte.

— Eh bien! alors, que me voulez-vous?

— Que vous me chargiez d'une enquête là-dessus pour votre journal.

— Impossible. Nous avons notre détective à nous.

— Parfait, mais j'ai mon secret à moi.

— Ce que vous venez de me débiter, hein?

— Oh! non, lord Nasby, ce n'est pas tout. J'ai autre chose dans ma coquille.

— Tiens, tiens. Pas bête, décidément. Allez-y, j'écoute.

— Quand le soi-disant médecin est monté dans l'ascenseur, il a laissé tomber un papier. Je l'ai ramassé. Il sentait la naphtaline. Le mort, lui aussi, sentait la naphtaline. Le médecin lui-même, non. Par conséquent, il avait dérobé le papier au cadavre. Il y avait là-dessus un dessin et deux mots.

— Faites voir.

Et lord Nasby tendit une main distraite.

— Ah! mais non, dis-je en souriant. C'est ma trouvaille à moi.

— J'avais raison. Vous avez quelque chose là. C'est comme ça qu'on fait les affaires. Mais dites donc, vous ne vous embarrassez pas de scrupules vis-à-vis de la police?

— J'y suis allée ce matin. A leur avis, mon histoire n'a aucun rapport avec l'affaire de Marlow. Par conséquent, je me suis crue en droit de garder le papier. D'ailleurs, l'inspecteur s'est payé ma tête.

— Affligé de myopie, l'inspecteur. Eh bien! chère enfant, voilà ce que je peux faire pour vous: si vous déterrez quelque chose — du publiable, s'entend — envoyez-le-nous et on le publiera. Il y a toujours de la place pour un vrai talent sur les colonnes du *Budget Quotidien*. Mais il faut d'abord que vous fassiez vos preuves. Entendu?

Je le remerciai et le priai de vouloir excuser mes méthodes.

— N'en parlons pas. Je ne déteste pas l'effronterie — venant d'une jolie femme. A propos, vous aviez dit que vous mettriez deux minutes et vous en avez mis trois, en comptant les interruptions. Pour une femme, c'est tout à fait remarquable. Ça doit être l'effet de votre discipline scientifique.

Je me retrouvai dans la rue, haletante, à bout de souffle. Au point de vue purement mondain, lord Nasby était plutôt fatigant.

CHAPITRE VI

Je rentrai chez moi dans un état d'exaltation extraordinaire. Mon projet avait réussi au-delà de toute espérance. Lord Nasby avait été positivement charmant. Il me restait maintenant à « faire mes preuves », comme il me l'avait prescrit. Une fois enfermée dans ma chambre, je tirai mon précieux papier. Là était la clef du mystère.

A commencer par les chiffres. Que représentaient-ils? Il y en avait cinq, avec un point après les deux premiers. « Dix-sept — cent vingt-deux », murmurai-je.

Où cela m'amenait-il? Nulle part.

Ensuite je les additionnai. C'est la coutume dans les romans policiers et cela conduit toujours à des déductions surprenantes.

J'additionnai, je multipliai, je fis des soustractions. C'était sans aucun doute un exercice d'arithmétique excellent, mais quant à éclaircir le mystère... J'abandonnai là l'arithmétique et je m'attaquai aux mots.

Kilmorden Castle! Ça sonnait bien. Château historique? Berceau d'une noble famille? (Héritier assassiné? Prétendant au titre?) Ruine pittoresque? (Trésor enseveli?)

En somme, je penchai plutôt du côté du trésor. Les chiffres paraissaient l'indiquer. Un pas à droite, sept pas à gauche, creusez à la profondeur d'un mètre, descendez vingt-sept marches. Quelque chose dans ce genre. On verrait ça plus tard. Le principal était de se rendre le plus tôt possible à Kilmorden Castle.

Je fis une sortie stratégique dans le vestibule et revins chargée du *Who's Who* (Bottin mondain anglais), de l'Annuaire régional, d'une Histoire des châteaux d'Ecosse et d'un volume sur les Iles britanniques.

Les heures passaient. Je fouillai avec zèle. Finalement, je fermai le dernier volume avec irritation. Kilmorden Castle ne semblait pas exister.

Echec inattendu. Il *devait* exister. Pourquoi inventer un nom pareil et le griffonner sur un bout de papier? Sottise!

Autre idée: si c'était une villa de banlieue avec un beau nom inventé par le propriétaire? Dans ce cas, il ne serait pas facile de la trouver. Que faire?

Je réfléchis sérieusement et jetai soudain un cri de joie. J'y étais. Il me fallait visiter « la scène du crime ». C'est ainsi que procédaient les meilleurs détectives. J'y trouverais indubitablement quelque chose qui avait échappé à l'œil scrutateur de la police. Mon devoir était clair. Je devais me rendre à Marlow.

Mais comment pénétrer dans la maison? Après avoir hésité entre plusieurs méthodes aventureuses, je choisis la plus simple. La villa était à louer. Il était probable qu'on ne l'avait pas louée encore. Je me présenterais en qualité de locataire.

A l'agence, un employé trop aimable me donna des renseignements sur une demi-douzaine de propriétés tentantes. Il me fallut toute mon ingéniosité pour trouver des défauts à chacune.

— Vraiment, vous n'avez rien d'autre? interrogeai-je, avec un regard suppliant. Une villa au bord de la rivière, avec un grand jardin et un petit pavillon, précisai-je, résumant les renseignements puisés dans les journaux sur la villa du Moulin.

— Eh bien! dit l'homme en hésitant, il y a encore la propriété de sir Eustace Pelder. La Villa du Moulin. Mais...

— Comment? Là où... là où... m'exclamai-je d'une voix tremblante (décidément, la voix tremblante devenait ma spécialité).

— Précisément. A l'endroit du meurtre. Mais il est probable que vous ne voudrez pas.

— Oh! je crois que cela ne me troublerait pas, dis-je, en ayant l'air de reprendre mon sang-froid. Je sentais que ma bonne foi, maintenant, était hors de doute. Peut-être pourrais-je l'avoir moins cher — dans ces circonstances.

Ça, pensai-je intérieurement, c'est un trait de génie!

— Peut-être bien. Je mentirais en vous disant qu'elle est facile à louer à présent — vous savez, les gens sont superstitieux. Si la villa vous plaît, on vous fera un prix. Désirez-vous un visa?

— Je vous en prie.

Un quart d'heure plus tard, je frappais à la porte

de la concierge de la villa du Moulin. Une grande femme d'âge moyen sortit en bombe.

— Personne n'entre ici, vous m'entendez? J'en ai assez de vous autres reporters. Les ordres de sir Eustace...

— Je croyais que la villa était à louer, dis-je d'un ton glacial tendant mon visa. Mais si elle est déjà louée...

— Oh! madame, je vous demande pardon. Mais ces maudits reporters ne m'ont pas laissée tranquille une minute. Non, la villa n'est pas louée, et il y a peu de chances pour qu'elle le soit.

— Pourquoi? demandai-je d'un ton inquiet. Le chauffage central ne fonctionne pas?

— Oh! madame, le chauffage fonctionne parfaitement. Ce n'est pas de ça qu'il s'agit. Vous avez bien dû entendre parler de l'étrangère qui a été assassinée ici?

— Je crois que j'ai lu quelque chose là-dessus dans les journaux, dis-je négligemment.

Mon indifférence vexa la brave femme. Si j'avais trahi quelque intérêt, elle serait restée muette comme une carpe. Mais ma froideur la piqua au vif.

— Je pense bien, madame! Tous les journaux en étaient pleins. Le *Budget Quotidien* fait tout ce qu'il peut pour rattraper l'homme qui a fait le coup. Il paraît que notre police n'est bonne à rien. J'espère qu'ils le trouveront, et pourtant, il avait l'air d'un brave garçon, c'est moi qui vous le dis. Elle lui avait peut-être fait des misères, qui sait? Une chouette femme! Elle se tenait là où vous vous tenez en ce moment, madame.

— Blonde ou brune? demandai-je. Sur ces photos de journaux, on ne voit rien.

— Brune, avec un visage très blanc, plus blanc que nature, ma foi, et une bouche tellement peinte qu'on aurait dit une lanterne rouge! J'aime pas ça, moi, vous savez! Qu'est-ce que c'est que cette façon de se farder?

Nous bavardions en vieilles amies. Je posai une nouvelle question:

— Elle semblait nerveuse, inquiète?

— Pas le moins du monde! Elle se souriait à elle-même, on aurait dit qu'elle s'amusait. C'est pourquoi j'ai failli m'évanouir sur place, le lendemain, quand ces gens-là sont venus crier qu'ils l'avaient trouvée assassinée. Je ne m'en suis pas encore remise, et on me donnerait mille livres que je n'entrerais pas dans la maison après le crépuscule. Je ne serais même pas restée dans ma loge si sir Eustace ne m'avait suppliée quasiment à genoux.

— Je croyais sir Eustace Pelder à Cannes?

— Il y était, madame. Il est revenu en Angleterre après l'accident, et son secrétaire, Mr. Pagett, nous a offert une grosse augmentation, à mon mari et à moi. De nos jours, comme dit John, les affaires sont les affaires!

Je ne manquai pas d'apprécier la remarque originale de John.

— Pour ce qui est du jeune homme, fit soudain Mrs. James, revenant au point de départ de la conversation, il était inquiet! Ses yeux, des yeux clairs, je les ai bien vus, brillaient comme des escarboucles. J'ai remarqué qu'il était bien agité, mais sans penser à mal. Même quand il est sorti, avec une mine toute défaite.

— Combien de temps est-il resté dans la maison?

— Oh! cinq minutes, pas plus.

— Il était grand?

— Oh! oui, très grand, madame.

— Rasé?

— Complètement. Pas l'ombre de moustache.

— Son menton luisait-il? demandai-je mue par une impulsion subite.

Mrs. James me fixa avec terreur.

— Maintenant que vous le dites, madame, je m'en souviens bien. C'est vrai, son menton luisait. Mais comment le savez-vous?

— C'est curieux, lançai-je sans savoir ce que je disais, mais les assassins ont souvent des mentons luisants.

Mrs. James accepta tranquillement mon explication.

— Tiens, en voilà une histoire! Je n'ai jamais entendu dire ça.

— Vous n'avez pas remarqué la sorte de tête qu'il avait?

— Une tête comme tout le monde, madame. Voulez-vous que je vous apporte les clefs?

J'acceptai et me rendis à la villa. Jusqu'ici, ma reconstruction semblait véridique. Les différences entre l'homme décrit par Mrs. James et mon « médecin » du métro n'étaient pas essentielles. Un pardessus, une barbe, des lunettes. Le « médecin » paraissait d'âge moyen, mais il s'était penché sur le corps avec une vivacité qui dénotait des membres souples et jeunes.

La victime de l'accident, que j'appelais par-devers moi l'Homme à la naphtaline, et l'étrangère, Mme de Castina (ce qui n'était probablement pas son nom), avaient rendez-vous à la villa du Moulin. Telle était ma supposition. Pour une raison ou une autre — peut-être craignaient-ils d'être observés — ils avaient pris chacun un visa à l'agence de location. De cette façon, leur rencontre pourrait paraître fortuite.

Autre fait dont j'étais à peu près sûre: l'Homme à la naphtaline avait soudain aperçu le « docteur » et cette rencontre avait été pour lui totalement inattendue et effrayante. Ensuite? Le « docteur » s'était débarrassé de son déguisement et avait suivi la femme à Marlow. S'il avait enlevé sa fausse barbe à la hâte, il pouvait garder des traces de gomme sur le menton. De là ma question.

Plongée dans ces réflexions, j'arrivai à la porte de la villa que j'ouvrais. Le hall était sombre et vaste, une odeur de renfermé flottait dans l'air. Malgré moi, je frissonnai. La femme qui était venue ici il y avait à peine quelques jours, en « se souriant à elle-même », n'avait-elle eu aucun pressentiment en entrant? Le sourire ne s'était-il pas évanoui sur ses lèvres, une horreur sans nom n'avait-elle pas serré son cœur? Ou bien était-elle montée, souriant toujours, inconsciente du sort qui l'attendait? Mon cœur battit d'un mouvement accéléré. La maison était-elle vraiment déserte? Le destin ne m'attendait-il pas, moi aussi? Pour la première fois, je compris le sens du mot « atmosphère ». Il flottait dans toute cette maison une atmosphère de menace, de cruauté, d'horreur.

CHAPITRE VII

Secouant mon oppression, je montai vivement l'escalier. Je trouvai facilement la pièce où s'était déroulée la tragédie. Le jour de la découverte du corps, il pleuvait, et des traces boueuses demeuraient encore sur le parquet. Je me demandai si l'assassin avait laissé des traces, lui aussi. Peu probable, car la veille, il avait fait beau.

La chambre elle-même n'avait rien de particulier. Deux fenêtres, des murs blanchis à la chaux. J'explorai soigneusement sans trouver quoi que ce soit. Le jeune détective de génie ne semblait pas près de triompher de la police.

J'avais apporté un carnet et un crayon. Je me mis en devoir de tracer un plan, d'après les meilleures traditions policières. Mon crayon, s'échappant de mes doigts, roula sur le parquet déclive jusqu'à la fenêtre. Sous la fenêtre, il y avait un placard. Le placard était fermé, mais j'eus instantanément l'idée que s'il avait été ouvert, le crayon aurait roulé dedans. J'ouvris le placard et mon crayon s'enfuit immédiatement. Je le tirai dans un coin obscur, notant que, par suite du manque de lumière; j'avais à tâter l'intérieur. A part le crayon, il était vide. Douée par la nature d'un caractère consciencieux, je regardai sous la deuxième fenêtre.

A première vue, le second placard paraissait vide lui aussi, mais en le fouillant dans tous les recoins, je fus récompensée par une trouvaille. Mes doigts palpèrent une sorte de cylindre. Dès que je l'eus en main, je compris ce que c'était: un rouleau de pellicules photographiques.

Evidemment, elles pouvaient aussi bien appartenir à Eustace Pedler qui les avait oubliées dans ce vieux placard. Mais je ne le croyais pas. Le papier rouge avait l'air trop frais. On aurait dit qu'il n'était là que depuis deux ou trois jours — depuis l'assassinat. La couche de poussière n'était pas épaisse.

Qui l'avait laissé tomber? L'homme ou la femme?

Soudain, j'éternuai. Cette odeur de naphtaline devenait-elle une obsession? J'aurais juré que ces pellicules, elles aussi, sentaient la naphtaline. Je les portai à mon nez. Outre leur odeur spécifique, elles sentaient la naphtaline. C'était indéniable. J'en trouvai bientôt la raison. Un fragment imperceptible de tissu s'était accroché au centre du rouleau. Ce tissu était imprégné de naphtaline. Le rouleau sortait de la poche du pardessus de l'homme tué dans le métro. Ce n'était pas lui qui l'avait laissé tomber ici, puisqu'il était mort.

Non, c'était l'autre, le « docteur ». Il avait pris les pellicules en même temps que le papier. Il les avait laissé tomber au cours de sa lutte avec la femme.

J'avais trouvé ma piste. Je ferais développer les pellicules et puis on verrait.

Fort satisfaite, je quittai la maison, rendis les clefs à Mrs. James et regagnai la gare. Dans le train, je tirai de nouveau mon papier. Soudain, les chiffres prenaient une signification nouvelle. Si c'était une date? 17 1 22. 17 janvier 1922. Pour sûr, c'était cela. Idiote que j'étais de n'y avoir pas songé plus tôt! Mais, dans ce cas, il *fallait* découvrir Kilmorden Castle. Nous étions le 14. Trois jours encore. La situation semblait désespérée, puisque je ne savais même pas de quel côté diriger mes recherches.

Il était trop tard pour laisser mes plaques dans un magasin. Je devais me dépêcher de rentrer pour le dîner. Je demandai à Mr. Flemming, qui avait étudié de près l'affaire, s'il y avait eu un appareil photographique parmi les effets du défunt. A ma surprise et à mon chagrin, il me répondit que non. Voilà qui portait un coup à ma théorie. S'il n'avait pas d'appareil, pourquoi aurait-il trimbalé des pellicules?

Le lendemain matin, je courus chez un photographe faire développer mes précieuses pellicules. Je craignais tant pour elles que j'allai jusque chez Kodak. Je tendis mon rouleau à l'employé, demandant une épreuve de chaque plaque. Après avoir examiné mon rouleau, il leva les yeux sur moi.

— Vous vous êtes trompée, dit-il en souriant.

— Mais non, je suis sûre que non, dis-je.

— Vous m'avez donné des pellicules non impressionnées.

Je sortis de l'air le plus digne dont j'étais capable. Il est bon de se rendre compte de temps en temps de sa propre sottise. Mais dire que cette constatation est agréable serait exagérer.

En passant devant les bureaux d'une grande compagnie de navigation, je stoppai soudain. Dans la vitrine se trouvait un magnifique modèle d'un des paquebots de la compagnie, étiqueté *Kenilworth-Castle*. Une idée folle me passa par la tête. J'entrai. M'approchant du guichet, je demandai d'une voix tremblante:

— *Kilmorden-Castle?*

— Départ de Southampton le 17 pour Le Cap. Première ou seconde?

— Quel prix?

— Première classe, quatre-vingt-sept livres.

Je l'interrompis. La coïncidence était trop frappante. Quatre-vingt-sept livres, le montant exact de mon héritage! Je miserais tout sur une seule carte.

— Un ticket de première, dis-je.

J'étais définitivement entrée dans le domaine de l'Aventure.

CHAPITRE VIII

EXTRAIT DU JOURNAL INTIME DE SIR EUSTACE PEDLER MEMBRE DU PARLEMENT

Pourquoi, mais pourquoi ne puis-je pas obtenir qu'on me fiche la paix? Je suis un homme paisible. J'aime mon club, ma partie de bridge, un bon repas, du bon vin. J'aime l'Angleterre en été et la Côte d'Azur en hiver. Je n'ai pas le moindre désir de jouer un rôle dans les événements sensationnels. J'aime bien, au coin du feu, en lire les détails, dans les journaux: c'est tout. Mon but dans la vie est le confort. Je consacre à ce but une bonne part de mes pensées et de mon argent. Mais, hélas! je ne réussis pas toujours. S'il ne m'arrive pas d'aventures personnelles, il en arrive autour de moi, et l'on m'entraîne contre ma volonté dans les histoires les moins confortables, ce qui ne laisse pas de me porter sur les nerfs.

Tout ça parce que Guy Pagett est entré ce matin dans ma chambre à coucher avec une dépêche entre les mains et un visage de six pieds de long.

Guy Pagett est mon secrétaire, un homme consciencieux, travailleur, zélé, admirable sous tous les rapports. Je ne connais personne de plus rasant.

Depuis longtemps je me creuse la tête pour trouver un moyen de me débarrasser de lui. Mais comment donner ses huit jours à un secrétaire parce qu'il aime mieux travailler que ne rien faire, parce qu'il se lève à l'aube et parce qu'il n'a aucun vice? La seule chose amusante qu'il y ait dans cet homme, c'est son visage. On dirait un empoisonneur du temps des Borgia.

Le zèle de Pagett ne m'agacerait pas autant s'il n'avait la manie de me faire travailler comme lui. Je flirte avec le travail sans m'y attacher vraiment. Pagett, lui, ne flirte avec rien ni personne. Il prend tout au sérieux. C'est pourquoi il est insupportable.

La dernière semaine, j'ai eu la brillante idée de l'envoyer faire un tour à Florence. Comme il en parlait justement avec admiration, je m'écriai:

— Mon cher ami, allez-y demain. Je prends votre voyage à mon compte.

Généralement, on ne visite pas Florence en janvier. Mais cela n'a aucune importance pour Pagett. Je le vois d'ici, armé de son guide, parcourant consciencieusement tous les musées. Lui, attelé au tourisme, moi libre pour une semaine!

Ç'a été une semaine délicieuse. Je n'ai fait que ce que j'aime, et rien de plus. Mais ce matin, en ouvrant les yeux et en apercevant, à mon chevet, à neuf heures du matin — heure impossible! — le visage funèbre de Guy Pagett, j'ai compris que ma liberté avait pris fin.

— Mon pauvre ami, dis-je, l'enterrement a-t-il déjà eu lieu, ou est-ce pour cet après-midi?

Mais Pagett n'apprécie pas les pince-sans-rire.

Lugubre, il s'exclame:

— Vous savez tout, sir Eustace!

— Que faut-il que je sache? dis-je, irrité. L'expression de votre physionomie me fait croire que vous venez de perdre un de vos proches parents et que l'inhumation aura lieu ce matin.

Passant outre avec dignité, Pagett me tend la dépêche.

— C'est de cela que je vous parle, sir Eustace. Je sais que vous n'aimez pas qu'on vous réveille tôt, mais il est neuf heures (neuf heures pour Pagett, c'est le milieu de la journée) et j'ai cru que les circonstances...

— Quelles circonstances?

— C'est une dépêche de la police de Marlow. Une femme a été assassinée dans votre villa.

Pour le coup, je repris mon sérieux.

— Quel toupet! m'exclamai-je. Se faire assassiner dans ma villa! Pourquoi dans ma villa? Qui l'a assassinée?

— Ils ne le disent pas. Je pense que nous devons immédiatement partir pour l'Angleterre, sir Eustace.

— Pourquoi ça?

— La police...

— En quoi la police me concerne-t-elle?

— Mais puisque l'assassinat a eu lieu dans votre maison.

— Ce n'est pas ma faute!

Pagett secoua la tête comme un cheval de corbillard.

— Ça produira un mauvais effet sur le Parlement, murmura-t-il.

Evidemment, le Parlement s'en prendra à moi si

une femme a été assassinée dans ma maison. Une autre idée malencontreuse me frappa:

— Dieu du ciel, j'espère que ça ne produira pas un mauvais effet sur Caroline!

Caroline est ma cuisinière et la femme de mon jardinier. Je ne sais si elle est une bonne épouse, mais je sais qu'elle est une excellente cuisinière. Je ne supporte James, le jardinier, qu'à cause des petits plats de Caroline.

— Caroline ne voudra pas rester, croassa Pagett. Je crois qu'il me faudra retourner en Angleterre pour pacifier Caroline. Pagett y tient absolument, et je finis toujours par céder à Pagett.

Trois jours plus tard.

Comment peut-on passer l'hiver en Angleterre quand on a le moyen de s'en aller sur la Côte d'Azur? Sale climat! Sale affaire. Les agents de location affirment qu'après cette histoire il sera impossible de louer la villa. J'ai apaisé Caroline au moyen d'une forte augmentation. Une dépêche aurait suffi. Comme je l'ai dit à cet entêté de Pagett, nous n'avions vraiment pas besoin de faire ce voyage. Je rentrerai à Cannes demain.

Le lendemain.

Nouveaux ennuis! En déjeunant au club, j'ai rencontré Auguste Milray, le plus parfait imbécile qui fasse partie du gouvernement actuel. Il me demanda un quart d'heure d'entretien privé. Il suait le secret diplomatique par tous les pores. Il me parla de l'Afrique du Sud, de la situation industrielle, d'une grève générale et de ses causes secrètes. J'écoutai aussi patiemment qu'il était en mon pouvoir. Finalement, baissant la voix, il m'expliqua que le gouvernement tenait à remettre certains documents au général Smuts, gouverneur général de l'Afrique anglaise.

— Tout cela est fort intéressant, dis-je, malheureusement je suis pressé, et...

— Un instant, mon cher Pedler, un instant. Je vous accompagnerai. Dites-moi, tout à fait entre nous, est-il vrai que vous ayez l'intention de vous rendre sous peu en Afrique du Sud? Vous possédez des terrains en Rhodésia, n'est-ce pas, et les questions politiques en Afrique du Sud sont pour vous d'un intérêt vital.

— En effet, je compte me rendre là-bas d'ici un mois.

— Ne pourriez-vous pas hâter votre départ?

— Je le pourrais, certes, fis-je en le regardant avec une certaine curiosité. Mais je n'en ai pas particulièrement envie.

— Vous rendriez service au gouvernement, Pedler. Un grand service. Vous ne nous trouverez pas — hum! — ingrats.

— En somme, vous voulez que je sois votre messager d'amour.

— C'est cela. Votre situation n'est pas officielle, votre voyage est projeté depuis longtemps. Personne ne doutera de votre bonne foi.

— Eh bien, dis-je lentement, c'est possible. L'essentiel, pour moi, c'est de quitter ce sale climat d'Angleterre.

— Le climat de l'Afrique du Sud est délicieux, mon cher, délicieux!

— Ne me dites pas ça, mon vieux. J'y suis allé avant la guerre.

— Je vous suis très obligé, Pedler. Je vous enverrai le paquet aujourd'hui. Vous le remettrez au général Smuts personnellement, n'est-ce pas? Entendu! Le *Kilmorden-Castle* part samedi; c'est le meilleur paquebot.

Je retournai chez moi en me livrant à toutes sortes de considérations sur les méthodes politiques du gouvernement.

Le lendemain, mon valet de chambre m'annonça un monsieur se refusant à dire son nom, mais venant de la part de M. Milray. Pagett, malheureusement, était alité, en proie à une crise de foie. Ces jeunes gens trop travailleurs ont toujours quelque maladie de ce genre.

Le visiteur était un jeune homme de haute taille, avec un visage bronzé, qui aurait été beau si une cicatrice profonde, traçant une diagonale de l'œil à la mâchoire, ne l'eût défiguré.

— De quoi s'agit-il, monsieur? demandai-je.

— Je viens de la part de M. Milray, sir Eustace. Je dois vous accompagner en Afrique en qualité de secrétaire.

— Mon ami, dis-je, j'ai assez d'un secrétaire. Je n'en veux pas d'autre.

— Vous avez tort, sir Eustace. Où se trouve actuellement votre secrétaire?

— Il a une crise de foie.

— Vous êtes sûr que ce n'est pas tout autre chose?

— Absolument!

— Ce n'est peut-être pas une crise de foie, sir Eustace. Cela ne me surprendrait pas si on attentait à la vie de votre secrétaire. Oh! vous n'avez rien à craindre pour vous-même — vous n'êtes pas menacé personnellement. Mais on aimerait bien se débarrasser de lui. Quoi qu'il en soit, M. Milray désire que je vous accompagne. Vous avez à faire les démarches nécessaires concernant le passeport — tout comme si vous étiez décidé à prendre à votre service un second secrétaire.

Il paraissait très décidé. Il me regardait fixement. Finalement, son regard me fit baisser les yeux.

— Bon, dis-je faiblement.

— Vous ne direz à personne que je vous accompagne.

— Bon, dis-je encore une fois.

Pour ma sûreté, il valait peut-être mieux l'avoir à mes côtés. Néanmoins, je ressentais un malaise difficile à définir. Et tout cela quand je croyais enfin avoir atteint l'idéal d'une vie paisible!

Je rappelai mon visiteur au moment où il sortait.

— Après tout, dis-je, ironique, il vaut peut-être mieux que je sache le nom de mon nouveau secrétaire.

Il réfléchit un instant.

— Harry Rayburn peut aller comme nom, fit-il.

Curieuse façon de s'exprimer!

— Bon, dis-je pour la troisième fois.

CHAPITRE IX

ANNE REPREND SON RÉCIT

Ce n'est pas romanesque, pour une héroïne, d'avoir le mal de mer. Dans les livres, plus ça vente et plus ça tonne, et plus elle est contente. Quand tous les passagers sont malades, elle se promène toute seule sur le pont, bravant les éléments en furie. J'ai honte d'avouer qu'à la première secousse du *Kilmorden-Castle*, je pâlis et descendis à toute vitesse dans ma cabine. J'y demeurai trois jours. Mon but était oublié. Les mystères ne m'intéressaient plus. J'étais une personne totalement différente de celle qui était revenue essoufflée et radieuse des bureaux de la compagnie de navigation.

Je souris en évoquant mon entrée en coup de vent dans le salon de Mrs. Flemming.

— Qu'avez-vous, mon enfant? me demanda-t-elle. Vous semblez toute chose.

— Tout va bien, annonçai-je. Je pars samedi pour l'Afrique du Sud.

— L'Afrique du Sud? Ma chère petite! Il faut prendre tous les renseignements avant de vous embarquer à brûle-pourpoint!

C'était ce que je désirais le moins. Je lui expliquai que j'avais déjà pris mon billet et qu'on m'avait promis à mon arrivée une place d'infirmière. En Afrique du Sud, dis-je, les infirmières sont très demandées. Je lui affirmai que j'étais parfaitement capable de me tirer d'affaire, et, finalement, heureuse de se débarrasser de moi à si bon compte, elle accepta mon projet sans entrer dans les détails. En prenant congé de moi, elle me glissa cinq billets de cinq livres avec ces mots:

— J'espère que vous ne serez pas blessée et accepterez ce petit cadeau avec mes meilleures amitiés.

Brave femme! Je n'aurais jamais pu vivre avec elle, mais j'appréciais pleinement sa valeur intrinsèque.

Donc, me voilà avec mes vingt-cinq livres dans ma poche, seule dans le vaste monde, en plein dans l'Aventure!

Le quatrième jour de la traversée, la nurse me fit monter sur le pont. Jusque-là, j'avais refusé de quitter ma cabine, espérant que j'y mourrais plus vite. Finalement, elle réussit à me tenter en m'annonçant que nous allions passer devant l'île de Madère. L'espoir battit des ailes en mon cœur. Je pourrais descendre à terre et devenir infirmière ou bonne à tout faire. Tout plutôt que le paquebot!

Enveloppée de plaids et de fourrures, faible comme un chat nouveau-né, je me retrouvai étendue sur ma chaise longue. Je demeurai inerte, les yeux fermés, dégoûtée de la vie. Le commissaire du bord m'aborda gentiment:

— Vous êtes souffrante?

— Oui, répliquai-je, sentant que j'aurais aimé le tuer.

— Ça passera dans un jour ou deux. Il a fait un sale temps jusqu'ici, mais maintenant il va faire beau.

Je ne répondis pas.

— Vous avez l'impression que vous ne guérirez jamais? Moi j'en ai vu qui étaient bien plus malades, et deux jours après, ils dansaient sur le pont. Avec vous, ce sera la même chose.

Je n'avais pas la force de lui dire qu'il était un vil menteur. Je ne répondis que par un regard. Les gens passaient et repassaient devant moi, des enfants, des couples, des jeunes hommes rieurs. Quelques invalides pâles restaient allongés sur les chaises longues.

L'air était pur, mordant, pas trop froid, le soleil rayonnait gaiement. Peu à peu, je me sentis revivifiée. Je commençai à observer les passagers. Il y avait une jeune femme qui m'attirait tout particulièrement. Elle était de taille moyenne, âgée d'une trentaine d'années, avec une figure ronde à fossettes et des yeux bleu lumière. La coupe de ses robes, infiniment simples, portait le cachet de Paris. Avec ses façons gentiment impérieuses, elle semblait commander le navire. Les domestiques semblaient occupés exclusivement à exécuter ses ordres. Elle changea d'avis trois fois quant à l'emplacement de sa chaise longue. Elle paraissait être une de ces femmes rares qui savent ce qu'elles veulent et trouvent le moyen de l'obtenir sans énerver les hommes. Je me dis que si je guérissais, je prendrais plaisir à causer avec elle.

A midi, nous arrivâmes à Madère. Je n'avais pas encore la force de me lever, mais je me sentais bien mieux. Je croyais pouvoir peut-être durer jusqu'à la fin du voyage. Quand le maître d'hôtel me parla d'une tasse de bouillon, je ne protestai que faiblement. En effet, elle me fit du bien.

Ma jolie passagère était descendue à terre. Elle revint accompagnée d'un homme de haute taille aux cheveux foncés et au visage hâlé, que j'avais déjà aperçu sur le pont. Je l'avais placé dans la catégorie des Rhodésiens « forts et bronzés ». Il semblait approcher de la quarantaine, il avait les tempes argentées et c'était l'homme le plus intéressant à bord.

Quand le boy m'apporta mon plaid, je lui demandai le nom de ma passagère.

— C'est une dame du monde très connue. Mrs. Clarence Blair.

Je l'observai avec un intérêt croissant. Elle défrayait la chronique mondaine des journaux chics. C'était une des femmes du monde les plus élégantes de Londres et de Paris. Elle formait, je le voyais, un centre vers lequel convergeaient bien des désirs. Plusieurs personnes essayèrent de l'aborder avec l'admirable sans-gêne autorisé à bord d'un paquebot. J'admirai la politesse avec laquelle elle se débarrassait d'eux. Elle semblait avoir adopté pour chevalier servant le Rhodésien fort et bronzé, fier de ce privilège.

Le lendemain, à ma grande surprise, Mrs. Blair, au bras de son compagnon, s'arrêta devant ma chaise longue.

— Ça va mieux, ce matin?

— Merci bien, répondis-je, je me sens redevenir un être humain.

— Vous aviez l'air bien souffrante, hier. Le colonel Race et moi, nous avons cru un instant que nous aurions le plaisir de voir des funérailles en mer, mais vous nous avez déçus.

Je me mis à rire.

— L'air frais m'a fait du bien.

— Ces cabines suffocantes nous tuent, déclara Mrs. Blair en s'asseyant à côté de moi. J'espère que la vôtre donne sur la mer?

Je secouai négativement la tête.

— Pauvre enfant! Pourquoi ne changez-vous pas? Il y a des places libres. Parlez-en au commissaire du bord. Il est très aimable. Ma cabine ne me plaisait pas, il m'en a donné une magnifique. Parlez-lui pendant le déjeuner.

Je frémis.

— Je ne peux pas me lever.

— Ne dites pas de sottises. Levez-vous et venez faire un tour.

Elle montra ses fossettes dans un sourire. Je chancelai sur mes jambes, mais après avoir marché un peu, je me sentis plus forte et plus gaie.

De l'autre côté du pont, se dressaient des cimes neigeuses, voilées de nuages roses. Je jetai une exclamation ravie. Mrs. Blair tira son petit kodak et se disposa à prendre un cliché, en dépit des commentaires ironiques du colonel.

— Quel malheur! murmura-t-elle. Je suis au bout de mon rouleau!

— J'aime voir les enfants s'amuser avec de nouveaux joujoux, remarqua-t-il.

— Ne vous moquez pas, j'en ai un autre.

Elle le tira triomphalement de la poche de son pull-over. Une secousse soudaine du navire faillit la faire chavirer et le rouleau, s'échappant, passa par-dessus bord.

— Oh! cria Mrs. Blair avec un désespoir comique, croyez-vous qu'il soit tombé à l'eau?

— Non, vous avez peut-être eu la chance d'assommer quelque malheureux steward sur le pont d'en bas.

L'appel assourdissant du gong nous força à nous boucher les oreilles.

— Le déjeuner, enfin! s'écria Mrs. Blair avec enthousiasme. Vous venez, miss Beddingfeld?

— Heuh! fis-je en hésitant. Je crois sentir que j'ai faim...

— Parfait! Je sais que vous êtes à la table du commissaire du bord. Parlez-lui de votre cabine.

Je commençai par picorer d'un air dégoûté et finis par engloutir un énorme repas. Mon ami de la veille me félicita de ma guérison. Tout le monde, me dit-il, allait changer de cabine, et il me promit qu'on transporterait mes bagages dans une cabine donnant sur la mer.

Nous n'étions que quatre à table, lui, moi, une vieille dame et un missionnaire qui parlait tout le temps de « nos pauvres frères noirs ».

J'observai les convives autour de nous. Mrs. Blair était à la table du capitaine, avec, pour voisin, le colonel Race. A gauche du capitaine se trouvait un monsieur grisonnant, d'aspect distingué. Non loin de lui un homme que je n'avais pas encore aperçu jusqu'ici, et dont la figure sinistre me donnait littéralement le frisson. Grand, brun, pâle, il avait l'air d'un véritable bandit. Curieuse, je demandai son nom au commissaire.

— Celui-là? Oh! c'est le secrétaire de sir Eustace Pedler. Il avait le mal de mer, le pauvre type, c'est la première fois qu'il déjeune en haut. Sir Eustace a deux secrétaires, et aucun ne supporte la mer. Le deuxième est encore souffrant. Celui-là s'appelle Pagett.

Ainsi, sir Eustace Pedler, le propriétaire de la villa du Moulin, était à bord. Ce n'était probablement qu'une coïncidence, et pourtant!

— Voilà sir Eustace lui-même, poursuivit mon informateur, à gauche du capitaine. Vieux poseur!

Plus j'étudiais la figure du secrétaire, moins elle me plaisait. Cette pâleur livide, ces yeux aux paupières lourdes, ce crâne curieusement aplati, tout m'inspirait du dégoût et de l'appréhension.

Sortant de la salle à manger en même temps que Pagett, je saisis des bribes de conversation entre son patron et lui.

— Je vais m'occuper de la cabine, n'est-ce pas? C'est impossible de travailler chez vous, avec toutes vos valises.

— Mon vieux, répondit sir Eustace, dans ma cabine j'ai l'intention de dormir, et non pas d'écouter le tapage infernal de votre machine à écrire.

— Précisément, sir Eustace, il nous faut un cabinet de travail...

C'est tout ce que j'entendis. En bas, le steward était occupé à transporter mes bagages dans la cabine numéro 13.

— Pas le n° 13! criai-je. Je suis trop superstitieuse. Pour l'amour de Dieu, n'avez-vous pas autre chose?

— Le 17, miss, de l'autre côté. Ce matin il était vide, mais je crois que depuis on l'a donné à quelqu'un. Si c'est un monsieur, il vous la cédera peut-être. Les hommes sont moins superstitieux et ça ne lui fera rien de prendre le n° 13.

Il me conduisit à la cabine n° 17. Elle était moins vaste que la cabine n° 13, mais je la préférai.

A ce moment, l'homme au visage sinistre apparut sur le seuil.

— Je vous demande pardon, dit-il, cette cabine est retenue par sir Eustace Pedler.

— Nous vous donnons le 13, monsieur, expliqua le steward.

— Mais j'ai réservé le 17.

— Le 13 est une meilleure cabine, monsieur, bien plus vaste.

— J'ai choisi la cabine n° 17, et le commissaire du bord me l'a promise.

— Je regrette, dis-je froidement, mais elle est à moi.

— Je ne puis y consentir.

Le steward reprit son refrain:

— Le 13 est bien mieux, monsieur.

— Je veux le 17.

— Qu'est-ce que c'est que tout cela? demanda une voix nouvelle. Steward, c'est ma cabine, ici.

— Elle est à sir Eustace Pedler, déclara Mr. Pagett.

Nous commencions tous à nous échauffer.

— Je suis désolé de vous contredire, dit Chichester avec une suavité qui masquait mal son irritation.

J'ai remarqué que les hommes suaves sont les plus entêtés.

— Vous aurez le 28, monsieur, dit le steward. Une très belle cabine, de l'autre côté.

— Je regrette de devoir insister. On m'a promis le 17.

Nous étions acculés à une impasse. Chacun de nous était décidé à ne pas céder. Au fond, j'aurais pu simplifier les choses en acceptant le 28, puisque je ne redoutais que le 13. Mais ces gens-là me portaient sur les nerfs. Je n'avais pas la moindre intention de céder la première. D'autant plus que Chichester me déplaisait souverainement. Il avait de fausses dents qui faisaient du bruit quand il mangeait. C'était assez pour le détester.

Nous répétâmes tous les trois ce que nous avions déjà dit. Le steward nous affirma une fois de plus que les deux autres étaient bien meilleures. Nous n'y fîmes aucune attention.

Pagett commençait à perdre patience. Chichester restait calme et suave. Je faisais un effort pour demeurer polie. Aucun de nous ne cédait d'un pas. Finalement, un mot chuchoté à mon oreille par le steward me montra la seule issue possible. Je m'effaçai en laissant les deux hommes se disputer et j'eus la chance de tomber immédiatement sur le commissaire du bord.

— Monsieur le commissaire, dis-je, vous m'avez donné la cabine nº 17. Et on veut me la prendre! Oui, Mr. Chichester et Mr. Pagett. Vous me la laisserez, n'est-ce pas?

Personne n'est aussi aimable pour les femmes que les officiers de marine. Mon petit commissaire se conduisit en galant homme. Apparaissant sur le champ de bataille, il déclara à mes adversaires que la cabine 17 m'appartenait, et qu'ils pouvaient avoir les cabines 13 et 28, ou rester chez eux, comme ils voudraient.

Mes yeux lui dirent qu'il était un héros. Il se retira, et je m'installai dans mon nouveau domaine. Cette petite scène m'avait fouetté les nerfs. La mer était lisse comme un miroir, il faisait de plus en plus chaud. Le mal de mer n'était plus qu'un mauvais rêve.

Je montai sur le pont et goûtai de bon appétit. Ensuite, je fis une partie de bridge avec quelques jeunes gens très bien élevés. Ils se montrèrent extraordinairement gentils. Je commençais à trouver la vie très agréable.

Quand je descendis m'habiller pour le dîner, la femme de chambre vint au-devant de moi avec un visage inquiet.

— Il y a une odeur affreuse dans votre cabine, miss. Je ne sais pas du tout ce que c'est, mais j'ai peur que vous ne puissiez y dormir. Il y a une cabine libre sur le pont C, je crois? Vous pourriez peut-être y passer la nuit.

L'odeur était horrible. Une puanteur suffocante. Je dis à la femme de chambre que je réfléchirais en m'habillant. J'avais déjà senti cette odeur-là quelque part. Mais où? où? Soudain, flairant l'air avec dégoût, je me rappelai: c'était l'assa fœtida! Au dispensaire de l'hôpital où j'avais travaillé pendant la guerre, je l'avais sentie bien souvent.

De l'assa fœtida, oui. Mais comment?...

Je me laissai tomber sur le divan, me rendant

compte soudain de la machination. Quelqu'un avait mis une poignée de cette herbe nauséabonde dans ma cabine pour m'en chasser. Pourquoi tant d'efforts? J'évoquai la scène de l'après-midi. Qu'avait-elle de particulier, la cabine 17, pour attirer tous les passagers? Les deux autres cabines étaient meilleures; pourquoi donc les deux hommes avaient-ils insisté pour avoir celle-là?

17. Ce chiffre m'obsédait. C'était le 17 que j'avais pris le paquebot à Southampton. C'était le 17 — je faillis jeter un cri. Me jetant sur ma valise, je tirai de sa cachette mon précieux papier.

17-1-22. J'avais cru que c'était une date, celle du départ du *Kilmorden-Castle.* Et si j'avais eu tort? En écrivant la date, aurait-on cru nécessaire de mettre l'année? Et si cela signifiait plutôt la *cabine* n° 17? Et le chiffre 1? L'heure — une heure! Et le 22? Le jour. Je regardai le calendrier.

Nous étions à la veille du 22.

CHAPITRE X

J'étais terriblement excitée. J'étais sûre d'avoir finalement découvert la piste. Une chose était certaine: je ne devais pas quitter ma cabine. Tant pis si l'odeur me donnait mal au cœur!

Demain ce serait le 22, et à une heure de l'après-midi — ou à une heure du matin — il arriverait quelque chose. Plutôt à une heure du matin. Encore six heures, et je saurais!

Je ne sais pas comment je fis pour tuer les heures. La soirée fut interminable. Je me retirai très tôt dans ma cabine, déclarant à la femme de chambre que j'étais enrhumée et que l'odeur ne m'incommodait pas. Je me couchai, mais j'eus la précaution de garder un peignoir de flanelle et des babouches aux pieds, pour être prête à sauter du lit à n'importe quel moment.

Qu'attendais-je? Je n'en sais rien. De vagues imaginations, plus invraisemblables les unes que les autres, me passaient par la tête. En tout cas, j'étais convaincue qu'il arriverait quelque chose à une heure. S'il n'arrivait rien, j'avais fait l'idiote et dissipé mon héritage à tous les vents. Mon cœur battait.

L'horloge, en haut, sonna un coup. Une heure. Rien. Attendre encore — chut! Qu'est-ce? Des pas dans le couloir...

Avec la soudaineté d'une bombe qui éclate, la porte de la cabine s'ouvrit et un homme entra en coup de vent.

— Sauvez-moi, dit-il d'une voix rauque. Ils me poursuivent.

Ce n'était pas le moment de demander des explications. J'entendais des pas s'approcher. J'avais quarante secondes pour agir. J'avais sauté hors de mon lit et je me dressai en face de l'étranger au milieu de la cabine.

Une cabine n'abonde pas en cachettes, surtout pour un homme qui mesure six pieds. D'une main je levai le couvercle de ma grande valise. Il s'accroupit dedans. De l'autre, je saisis mes serviettes de toilette et les jetai sur la valise. Vivement, je tordis mes cheveux en un chignon sur le sommet de mon crâne. Du point de vue esthétique, ce chignon n'était pas artistique, mais d'un autre point de vue, c'était du grand art. Une femme ainsi attifée, avec un chignon hideux et une serviette à la main, en train de tirer de sa valise un morceau de savon, ne saurait être soupçonnée d'abriter un fugitif.

Un petit coup à la porte, et sans attendre ma réponse, on ouvrit.

Je ne sais pas ce que je craignais. Je m'attendais peut-être vaguement à apercevoir Mr. Pagett brandissant un revolver ou le missionnaire armé d'un poignard. En tout cas, rien n'était plus inattendu pour moi que l'apparition d'une femme de chambre tout ce qu'il y a de plus respectable.

— Pardon, miss, j'ai cru vous entendre appeler.

— Non, dis-je, je n'ai pas appelé.

— Je vous demande pardon de vous avoir dérangée. Mais il y a là un monsieur qui a un peu bu et nous craignons qu'il n'entre dans la cabine d'une dame et ne lui fasse peur.

— Quelle horreur! m'écriai-je.

— Sonnez, miss, si vous avez besoin de moi. Bonne nuit, miss.

— Bonne nuit.

J'ouvris la porte et jetai un coup d'œil dans le couloir. Excepté la femme de chambre qui se retirait à pas lents, il n'y avait pas une âme.

Saoul! Voilà l'explication du mystère. Mes talents avaient été gâchés. Je repoussai du pied la valise.

— Sortez, dis-je d'une voix acerbe.

Pas de réponse. Je me penchai sur mon visiteur immobile.

« Ivre-mort, pensai-je avec colère. Que faire? »

Tout à coup, je faillis jeter un cri. J'avais aperçu une tache de sang sur le sol.

Rassemblant mes forces, je réussis à traîner l'homme évanoui jusqu'au milieu de la cabine. Je lui enlevai son pardessus. Il avait une blessure sous l'omoplate gauche. Je me mis en devoir de la bander.

Au contact de l'eau froide, il revint à lui.

— Ne bougez pas, dis-je.

Mais il était de ceux qui reprennent très vite possession d'eux-mêmes. Se remettant debout:

— Non, merci, je n'ai besoin de rien.

Son ton était méfiant, presque agressif. Pas un mot de remerciement.

— Laissez-moi bander votre blessure.

— N'y touchez pas!

Il me jeta ces mots à la figure comme si je lui avais demandé une grâce. Je ne pèche pas par l'humilité. Mon orgueil s'insurgea.

— Si vous croyez que vous êtes bien élevé! dis-je.

— Ne craignez rien, je vais vous débarrasser de ma présence.

Il se dirigea vers la porte, mais chancela et faillit tomber. D'un mouvement impulsif, je l'attirai sur le divan.

— Fou! dis-je. Vous voulez laisser des traces de sang partout?

Cette fois, il ne protesta pas et se laissa panser.

— Là, ça y est. Maintenant, voulez-vous m'expliquer toute cette histoire?

— Je regrette de ne pouvoir satisfaire votre curiosité.

— Pourquoi?

— Si vous voulez semer un secret à tous les vents, dites-le à une femme.

— Vous croyez que je ne suis pas capable de garder un secret?

— Je ne crois pas — je sais!

Il se leva.

— Dans ce cas, lui dis-je, je pourrai raconter à tout le monde ce qui s'est passé ce soir?

— A votre aise, répliqua-t-il froidement.

— Comment osez-vous me parler ainsi! m'écriai-je, prise de rage.

Nous nous dressions l'un en face de l'autre, comme deux ennemis féroces. Pour la première fois, j'examinai son visage, les cheveux bruns coupés ras, la cicatrice sur la joue hâlée, les yeux gris clair qui me regardaient avec une sorte de raillerie farouche. Cet homme avait quelque chose de dangereux.

— Vous ne m'avez pas remerciée de vous avoir sauvé la vie, dis-je avec une douceur hypocrite.

Le coup porta. Il frémit. Mon intuition me dit qu'il avait horreur de penser qu'il me devait la vie. Tant pis! J'avais envie de l'humilier. Jamais je n'avais eu un tel désir de blesser quelqu'un.

— Je regrette que vous l'ayez fait! s'exclama-t-il. Il vaudrait mieux être mort et que ce soit fini.

— Du moins, vous reconnaissez votre dette. Vous n'en sortirez pas. Je vous ai sauvé la vie et j'attends que vous me disiez merci.

Si les regards pouvaient tuer, je serais morte sous le sien. Il passa brutalement devant moi. Sur le seuil il se retourna et me parlant par-dessus l'épaule:

— Je ne vous dirai pas merci. Ni aujourd'hui, ni jamais. Mais je reconnais la dette. Je la paierai un jour.

Il était parti, me laissant seule, les mains serrées, le cœur battant à coups précipités.

CHAPITRE XI

Le reste de la nuit se passa sans incidents. Je déjeunai au lit et me levai tard. Quand je parus sur le pont, Mrs. Blair m'appela:

— Bonjour, petite bohémienne, venez vous asseoir près de moi. Vous avez l'air d'avoir mal dormi.

— Pourquoi m'appelez-vous bohémienne?

— Cela vous va, je ne sais pourquoi. J'espère que vous n'êtes pas choquée? Je vous ai surnommée ainsi dès que je vous ai vue. C'est l'élément bohémien qui vous rend si différente des autres. Vous et le colonel Race, vous êtes les deux seules personnes à bord à qui je puisse parler sans mourir d'ennui.

— Tiens, répliquai-je, et moi qui me suis dit la même chose en pensant à vous! Vous êtes, madame, permettez-moi de vous le dire, le produit idéal d'une culture raffinée.

— Pas mal comme définition, fit Mrs. Blair. Parlez-moi de vous, petite bohémienne! Pourquoi allez-vous en Afrique du Sud?

Je lui parlai de l'œuvre de mon père.

— Vous êtes la fille de Charles Beddingfeld? Je savais bien que vous étiez autre chose qu'une petite provinciale! Alors, vous allez là-bas déterrer des crânes?

— Peut-être, dis-je prudemment. J'ai aussi d'autres projets.

— Mystérieuse petite fille! Mais que vous avez l'air fatiguée, ce matin! Vous avez mal dormi? Moi, je dors douze heures d'affilée à bord. Cette nuit, un steward idiot m'a réveillée pour me rendre le rouleau de pellicules que j'ai laissé tomber hier. Et de quelle façon bêtement mélodramatique, encore! Figurez-vous qu'il a passé son bras par le trou du ventilateur et les a lancées juste au milieu de ma cabine. Un instant, j'ai cru que c'était une bombe!

— Voilà votre colonel, dis-je en apercevant sa silhouette imposante.

— Pourquoi *mon* colonel? C'est plutôt vous qu'il admire, petite bohémienne — le savez-vous?

— J'ai oublié mon écharpe, dis-je tout à coup, je vais aller la chercher.

J'avais trouvé ce prétexte pour me dérober à la hâte. Je ne sais pourquoi, je ne me sentais pas à mon aise avec le colonel Race. Il était un de ces rares hommes qui m'intimidaient.

Une fois dans ma cabine, j'ouvris mon tiroir pour y prendre une écharpe et je m'aperçus immédiatement qu'il avait été fouillé. Par qui et pourquoi? Qui était le jeune homme qui était entré en bombe chez moi cette nuit? Je ne l'avais jamais vu à bord, ni sur le pont, ni au salon, ni dans la salle à manger. Etait-ce un passager ou faisait-il partie de l'équipage? Qui l'avait blessé? Pourquoi? Et la cabine n° 17, que venait-elle faire là-dedans? Décidément, il se passait des choses mystérieuses à bord du *Kilmorden-Castle*!

Je recomptais sur mes doigts tous ceux qui, jusqu'ici, avaient attiré mes soupçons — sans parler de mon visiteur nocturne, que j'espérais bientôt identifier.

1. Sir Eustace Pedler. Il était le propriétaire de la villa du Moulin et sa présence me semblait indiquer plus qu'une simple coïncidence.

2. Mr. Pagett, le secrétaire au visage de bandit, qui avait tellement insisté pour obtenir la cabine n° 17. N.B. Découvrir s'il avait accompagné sir Eustace à Cannes.

3. Le R.P. Chichester. Tout ce que j'avais contre lui, c'était son entêtement au sujet de la cabine n° 17. Cet entêtement pouvait n'être dû qu'à son caractère.

Néanmoins, une petite entrevue avec le Révérend Père ne me ferait pas de mal. Nouant à la hâte une écharpe pour retenir mes boucles rebelles, je remontai sur le pont. La chance me favorisait. Il était là, devant une tasse de thé. Je lui fis mon plus beau sourire.

— J'espère que vous m'avez pardonné l'incident de la cabine n° 17, mon Père.

— Un bon chrétien ne garde jamais rancune, répondit froidement Mr. Chichester.

— C'est votre premier voyage en Afrique, mon Père?

— En Afrique du Sud, oui. Mais j'ai résidé deux ans dans le centre de l'Afrique, parmi les cannibales.

— Oh! que c'est intéressant! Comment avez-vous fait pour ne pas être mangé?

— Vous ne devriez pas parler aussi légèrement de sujets sacrés, miss Beddingfeld.

— Je ne savais pas, mon Père, que le cannibalisme était un sujet sacré.

Décidément, le R.P. Chichester était un missionnaire idéal. J'évoquai les ecclésiastiques que j'avais connus en province. Aucun d'eux n'avait été aussi luisant de vertu. Mais comment se fait-il, pensai-je tout à coup, que sa peau soit aussi blanche s'il a passé deux années en Afrique? C'est bizarre! Pourtant, un homme aussi éminemment respectable... trop respectable, peut-être! Ne dirait-on pas d'un missionnaire de vaudeville?

En ce moment, sir Eustace Pedler, passant devant nous, ramassa un bout de papier sur le sol et le tendit à Mr. Chichester:

— Vous l'avez laissé tomber, monsieur.

Il passa sans s'arrêter et probablement sans s'apercevoir de l'émotion de Mr. Chichester. Moi, en revanche, je m'en aperçus fort bien. Il devint vert et fourra le papier dans sa poche.

— Un... un... sermon que j'étais en train de rédiger, expliqua-t-il avec un sourire forcé.

Un sermon, en vérité! Non Mr. Chichester n'était pas à la hauteur de son rôle. Quel malheur que ce soit sir Eustace Pedler, et non pas moi, qui ait ramassé le papier!

Après le déjeuner, je m'approchai de Mrs. Blair, qui prenait le café en compagnie de sir Eustace Pedler, de Pagett et du colonel Race. Ils parlaient de l'Italie.

— J'aime les Italiens, disait Mrs. Blair. Dans la rue, quand vous leur demandez un renseignement, au lieu de vous dire « à droite » ou « à gauche », ils vous prennent par le bras et vous accompagnent tout le long du chemin.

— Les Italiens ont-ils été aussi aimables que cela pour vous, Pagett, quand vous étiez à Florence? demanda sir Eustace à son secrétaire avec un sourire.

Cette question sembla déconcerter Mr. Pagett. Il rougit et balbutia:

— Oh! oui, certainement... oui, oui!

Et, murmurant des excuses vagues, il quitta précipitamment la table.

— Je soupçonne Pagett d'avoir commis quelque crime à Florence, remarqua sir Eustace en suivant des yeux son secrétaire. Dès qu'on parle de Florence ou de l'Italie, il change de sujet ou prend la poudre d'escampette.

— Peut-être a-t-il assassiné quelqu'un, dit Mrs. Blair d'un ton plein d'espoir. J'espère que vous ne serez pas choqué, sir Eustace, si je vous dis que votre secrétaire a l'air d'un assassin.

— Oui, du pur Cinquecento. Ce pauvre diable n'en peut mais: cela m'amuse, moi qui sais à quel point c'est un honnête bourgeois.

— Y a-t-il longtemps qu'il est à votre service, sir Eustace? demanda le colonel Race.

— Six ans, répondit sir Eustace avec un profond soupir. Son extérieur, chère madame, devrait plutôt vous inspirer confiance. Un assassin qui se respecte ne se permettrait jamais d'avoir cet air-là. Le fameux

Crippen, vous vous en souvenez, était un homme charmant.

— On l'a arrêté, je crois, à bord d'un paquebot, murmura Mrs. Blair.

Un bruit de vaisselle cassée me força à me retourner. Le R.P. Chichester avait laissé choir sa tasse.

Quand Mrs. Blair descendit se coucher, le colonel Race me suivit sur le pont.

— M'accorderez-vous une danse, ce soir, miss Beddingfeld?

— Je voudrais bien, murmurai-je timidement. Mais Mrs. Blair...

— Notre amie, Mrs. Blair, n'aime pas danser.

— Et vous?

— J'aimerais danser avec vous.

— Oh! fis-je, un peu nerveuse.

Le colonel Race me faisait peur. Néanmoins, je m'amusais beaucoup. C'était autre chose, enfin, que discuter des crânes avec de vieux fossiles! Le colonel Race était mon idéal de l'homme fort et bronzé. Peut-être m'épouserait-il? Il est vrai qu'il ne me l'avait pas encore demandé, mais, comme disent les éclaireurs: soyez prêt! Toutes les femmes, sans même s'en rendre compte, considèrent chaque homme qu'elles rencontrent comme un mari possible pour elles ou pour leur meilleure amie.

Nous dansâmes plusieurs fois de suite. Il me parla de mon père et de ses œuvres. Il paraissait bien renseigné, mais il lui échappa quelques erreurs. Remarquant mon étonnement, il se reprit lui-même. Est-il possible, pensai-je, qu'il ne sache rien de l'anthropologie, et qu'il ait simplement parcouru un bouquin pour m'en parler? Ou bien... une autre idée me vint: ces légères erreurs, n'étaient-elles pas des épreuves? N'avait-il pas voulu me poser des colles? Se rendre compte si je possédais vraiment mon sujet à fond? Autrement dit, me soupçonnait-il de n'être pas vraiment Anne Beddingfeld?

Pourquoi?

CHAPITRE XII

EXTRAIT DU JOURNAL DE SIR EUSTACE PEDLER

La vic à bord est assez confortable. Dieu merci, je ne souffre pas du mal de mer. Pagett, lui, est devenu vert à la première secousse. Mon autre pseudo-secrétaire doit être souffrant, lui aussi. En tout cas, il n'a pas encore fait son apparition. Peut-être est-ce de la haute diplomatie. Le principal, c'est qu'il ne m'ennuie pas.

En somme, personne de bien intéressant à bord. Deux bons joueurs de bridge et une jolie femme: Mrs. Clarence Blair. Je l'ai rencontrée à Londres, bien entendu. Elle est de ces femmes rares qui ont vraiment de l'humour. J'ai plaisir à m'entretenir avec elle, et j'en aurais davantage si elle n'était pas toujours flanquée d'une espèce de beau ténébreux, un de ces hommes forts et bronzés dont sont entichées les jeunes filles et les vieilles romancières. Ce colonel Race amuse-t-il vraiment cette femme d'esprit?

Guy Pagett, après s'être remis un peu, est venu me parler de « travail ». En voilà une idée! Travailler à bord! Il est vrai que j'ai promis mes *Mémoires* à l'éditeur pour cet été, mais qui, de notre temps, lit les Mémoires? Qu'on me le dise! Les vieilles dames qui habitent la banlieue! Et qu'est-ce que c'est que mes Mémoires? J'ai rencontré dans ma vie un certain nombre d'hommes soi-disant célèbres. Avec l'aide de Pagett, j'invente sur eux des anecdotes insipides. C'est d'autant plus ennuyeux que Pagett est trop honnête. Il ne me permet pas d'inventer des anecdotes sur ceux que je ne connais pas, mais que j'aurais aussi bien pu connaître.

Oh! ce Pagett!

— Il nous faut un cabinet de travail, sir Eustace. Votre cabine est encombrée de valises et la mienne est trop petite.

— C'est bon, prenez une cabine extra.

Le lendemain, Pagett arrive avec le visage d'un conspirateur de la Renaissance.

— Vous m'avez bien dit, sir Eustace, de prendre la cabine n° 17 pour en faire notre bureau?

— Eh bien?

— Eh bien, sir Eustace, elle a quelque chose de mystérieux, cette cabine n° 17...

— Elle est hantée?

Là-dessus, Pagett me raconte toute une histoire sur lui et sur le R.P. Chichester, et sur une jeune fille nommée miss Beddingfeld; ils se sônt tous disputés à propos de cette cabine. Naturellement la jeune fille a gagné, et Pagett lui en garde rancune.

— Mais, mon ami, lui dis-je, cela n'a aucune importance. Prenons la cabine 13 ou 28.

Pagett me regarda avec reproche.

— Vous m'aviez dit, sir Eustace, de prendre la cabine n° 17.

— Mon cher Pagett, j'ai dit le 17 parce que j'ai

vu qu'il était libre. Mais je ne vous ai pas dit d'en faire une question de vie ou de mort.

Pagett, très offensé, murmura:

— Ce n'est pas tout... Miss Beddingfeld a eu la cabine, mais ce matin, j'ai vu Chichester en sortir à la dérobée.

— Pagett, dis-je sévèrement, n'allez pas faire de potins sur Chichester — c'est un vieux raseur, mais enfin un missionnaire quand même — et cette charmante enfant, Anne Beddingfeld! Elle est très gentille et elle a les plus jolies jambes qui soient à bord.

Pagett ne goûta pas mon appréciation. Il est de ceux qui ne remarquent jamais les jolies jambes. Ou s'il les remarque, il n'en dit rien. Pour le taquiner, j'ajoutai:

— Tenez, puisque vous lui avez été présenté, allez donc l'inviter de ma part à dîner demain à ma table. Vous savez qu'il y a un bal masqué, demain? Nous aurons le capitaine, Mrs. Blair...

— Si vous avez Mrs. Blair, vous aurez aussi le colonel Race, interrompit Pagett.

— Qu'est-ce que ce Race? m'exclamai-je, exaspéré.

Pagett sait toujours tout — ou croit le savoir. Prenant ses airs mystérieux, il chuchota:

— On dit, sir Eustace, qu'il occupe un grand poste au Service Secret.

— En ce cas, m'écriai-je, pourquoi le gouvernement ne lui a-t-il pas confié ces maudits documents, au lieu de me les mettre sur le dos?

— Toute cette affaire, sir Eustace, est bien mystérieuse. Tenez, ma maladie à la veille du départ n'était pas naturelle. Je suis sûr qu'on m'a empoisonné!

— Ah! fis-je. Vous avez parlé à Rayburn! Au fait, que fait-il?

— Il est souffrant, sir Eustace. Il garde le lit. Mais — de nouveau Pagett baissa la voix — je suis sûr que c'est un truc. C'ést pour mieux veiller sur vous.

— Sur moi?

— Oui, au cas où l'on attenterait à votre vie.

— Pagett, dis-je, vous êtes tout guilleret, aujourd'hui. Si j'étais vous, je me travestirais pour le bal masqué en bourreau ou en tête de mort. Cela conviendrait parfaitement à votre genre de beauté.

Sur le pont, je vis miss Beddingfeld, causant avec le missionnaire. Les femmes aiment les prêtres. Un homme un peu corpulent comme moi déteste se baisser, mais je suis poli et je ramassai un bout de papier qui traînait aux pieds du missionnaire. Involontairement, je vis ce qu'il y avait dessus:

« N'essayez pas de faire jeu à part, vous vous en trouveriez mal. »

Drôle de papier pour un ecclésiastique! Qu'est-ce que cette espèce de missionnaire? On lui donnerait le bon Dieu sans confession, mais il ne faut pas se fier aux apparences. Il faut que je questionne Pagett, il sait toujours tout.

Où va le clergé de nos jours? C'est ce que je demandais à Mrs. Blair, en interrompant son tête-à-tête avec Race. Naturellement, elle me le fit inviter à dîner pour le lendemain.

Après le déjeuner, la petite Beddingfeld vint prendre le café avec nous. Je ne me suis pas trompé: ses jambes sont ravissantes.

Je voudrais bien savoir ce que Pagett a pu fabriquer en Italie! Dès qu'on en parle, il devient couleur de tomate. Si je n'étais pas si sûr de ses mœurs irréprochables, je croirais à quelque aventure d'amour compromettante...

Qui sait! Les hommes les plus respectables, quand ils s'y mettent... Cela m'amuserait énormément.

Pagett aurait-il un secret criminel? Quelle veine!

CHAPITRE XIII

Drôle de soirée!

Le seul travesti à ma taille que je trouvai chez le coiffeur du bord fut celui de « Teddy bear » — gros ourson. Anne Beddingfeld, habillée en bohémienne, était charmante. Pagett prétexta une migraine, et ne se montra pas. Je dansai beaucoup malgré la chaleur. Deux fois avec Anne Beddingfeld, qui prétendit que j'étais bon danseur, une fois avec Mrs. Blair qui ne se donna pas la peine de le prétendre, et plusieurs fois avec d'autres victimes du sexe féminin qui avaient eu le malheur de me plaire.

Pour le souper, je commandai du Clicquot 1911. Je semblais avoir découvert le seul moyen de faire parler le colonel Race. De taciturne, il devenait bavard. Il me taquina à propos de mon journal.

— Un de ces jours, Pedler, votre journal révélera toutes vos imprudences.

— Mon cher, dis-je, je ne suis pas aussi bête que vous semblez le croire. Si je commets des imprudences, je ne les couche pas sur le papier. Après ma mort, on saura mon opinion sur bon nombre de gens, mais on n'apprendra pas grand-chose sur moi. Un journal intime, c'est fait pour noter les sottises des autres — mais pas les siennes.

— Cependant, il y a dans un journal intime une sorte de révélation inconsciente.

— Aux yeux du psychanalyste, tout est vil, répondis-je sentencieusement.

— Vous avez dû avoir une vie intéressante, colonel? demanda miss Beddingfeld, en levant vers le colonel Race ses grands yeux brillants comme des étoiles.

Voilà comment elles nous prennent, ces petites filles! Othello a séduit Desdémone en lui racontant des histoires, mais Desdémone n'a-t-elle pas séduit Othello en les écoutant?

Quoi qu'il en soit, Race ne resta pas insensible aux yeux de miss Beddingfeld et se mit à lui raconter des histoires de chasseur, vécues en Afrique.

— L'Afrique! Rhodésie! soupira Mrs. Blair. C'est trop tentant vos histoires, colonel! Il faut que j'y aille. Mais le voyage est affreux, cinq jours dans le train.

— Permettez-moi, Mrs. Blair, dis-je galamment, de vous inviter dans mon train spécial.

— Que vous êtes aimable, sir Eustace! c'est vrai, cela ne vous ennuie pas?

— M'ennuyer! m'écriai-je avec reproche, en avalant encore un verre de champagne.

— Encore une semaine, dit-elle, et nous serons en Afrique du Sud.

— L'Afrique du Sud! et, devenant sentimental, je citai un de mes derniers discours à l'Institut colonial:

« Ses fruits et ses fermes, ses troupeaux et ses mines, son or et ses diamants. »

— Ses diamants! répéta Mrs. Blair, tombant en extase.

— Ses diamants! murmura miss Beddingfeld.

Toutes deux se tournèrent vers le colonel Race.

— Avez-vous été à Kimberley, la cité des diamants?

Race, en réponse à leurs questions, décrivit les méthodes employées pour la garde des pierreries et les précautions prises par De Beer.

— Dans ce cas, il est impossible de voler les diamants? demanda Mrs. Blair, d'un ton aussi déçu que si elle avait fait le voyage dans ce but spécial.

— Il n'y a rien d'impossible. Des vols se produisent parfois — comme dans le cas de ce Kafir qui a caché les diamants dans sa blessure.

— Oui, mais en grand?

— Il y a eu un vol retentissant avant la guerre. Vous devez vous en souvenir, Pedler. Vous étiez en Afrique du Sud à ce moment-là.

Je fis un signe affirmatif.

— Dites-nous cette histoire, s'écria miss Beddingfeld. Dites, colonel, dites!

Race sourit.

— C'est bon, écoutez! Avez-vous entendu parler de sir Laurence Eardsley, richissime propriétaire de mines d'or en Afrique du Sud? Son fils, avant la guerre, s'était rendu, en compagnie de son ami, dans la jungle, en une région africaine où l'on croyait découvrir un nouveau Kimberley. Ils en rapportèrent des pierres brutes de toutes les couleurs, roses, bleues, jaunes, vertes, noires et blanches, du blanc le plus pur. Les deux jeunes explorateurs, John Eardsley et son ami Lucas, arrivèrent à Kimberley où ils devaient faire examiner leurs diamants. Au même moment, un vol sensationnel eut lieu chez De Beer. Les diamants envoyés en Angleterre sont gardés dans un coffre-fort, dont les deux clés se trouvent chez deux personnes. Une troisième est au courant de la combinaison. Le paquet est remis à la banque, qui l'expédie en Angleterre. Chaque paquet vaut, au bas mot, près de cent mille livres.

Cette fois-ci, le paquet parut suspect à la banque. On l'ouvrit, et on trouva... des morceaux de sucre.

Je ne sais pas comment on en vint à soupçonner John Eardsley. On se souvint qu'à Cambridge il avait mené une vie fort dissipée et que son père, plus d'une fois, avait dû payer ses dettes. En tout cas, on se mit à dire que cette histoire de diamants découverts dans la jungle était une pure invention. On arrêta John Eardsley, et on trouva sur lui une partie des diamants de De Beer.

L'affaire ne fut jamais jugée. Sir Laurence Eardsley paya une somme équivalant à la valeur des pierres volées. De Beer consentit à retirer sa plainte. On ne sut pas comment le vol avait été commis. Mais le vieil Eardsley ne supporta pas la honte de son fils: il eut une attaque qui le brisa à moitié. John, lui, s'engagea, se battit courageusement et fut tué au champ d'honneur, effaçant ainsi la tache de son nom. Sir Laurence lui-même succomba à une seconde attaque, il y a à peine un mois. Sa fortune immense passa à son plus proche parent, un homme qu'il avait à peine connu.

Le colonel se tut. De toutes parts, on le submergea

de questions. Miss Beddingfeld, soudain, jeta un petit cri. Je me retournai.

Sur le seuil se dressait Rayburn, mon nouveau secrétaire. Son visage, sous le hâle, était d'une pâleur livide. Le récit du colonel semblait l'avoir profondément ému. S'apercevant que l'attention s'était dirigée vers lui, il se détourna brusquement et disparut.

— Qui est-ce? demanda miss Beddingfeld.

— Mon second secrétaire, expliquai-je, Mr. Rayburn. Il était souffrant jusqu'à présent.

Elle jouait avec la tranche de pain posée près de son assiette.

— Il y a longtemps qu'il est votre secrétaire?

— Pas très longtemps, dis-je prudemment.

Mais la prudence ne sert à rien avec une femme. Sans plus de façons, elle me questionna:

— Combien de temps?

— Euh! — précisément — je l'ai engagé avant mon départ. Un vieil ami me l'a recommandé.

Elle retomba dans un silence pensif. Je me tournai vers le colonel:

— Dites donc, Race, qui est l'héritier de sir Laurence? Le connaissez-vous?

— Un peu, répondit-il en souriant. C'est moi.

CHAPITRE XIV

ANNE REPREND SON RÉCIT

La nuit du bal masqué, je décidai que le moment était venu de prendre un confident. Jusqu'ici j'avais joué mon jeu seule et indépendante, mais voici que soudain je me sentais solitaire et désemparée. Assise sur le bord de ma couchette, encore déguisée en bohémienne, je pensais au colonel Race. Il semblait avoir de la sympathie pour moi. Il m'écouterait, j'en étais sûre. Et il était intelligent. Mais... c'était un homme habitué à commander. Il prendrait la direction de l'affaire. Et c'était mon mystère à moi! Il y avait aussi d'autres raisons, que je ne m'avouais pas, pour lesquelles j'hésitai à prendre pour confident le colonel Race.

Puis je pensai à Mrs. Blair. Elle aussi avait été charmante. Ce n'était probablement qu'un caprice passager. Mais pour le moment, je l'intéressais. Mrs. Blair était une femme qui avait éprouvé la plupart des sensations ordinaires de la vie. Je lui en fournirais d'extraordinaires! Et puis, elle me plaisait, cette femme-là: j'aimais son gracieux sans-gêne, son manque de sentimentalité, son absence complète d'affectation.

Alors, c'était décidé! Je me confierais à elle sans plus attendre. Elle ne devait pas encore être au lit. Soudain je me rappelai que je ne savais pas le numéro de sa cabine. Mon amie de l'autre jour, la femme de chambre, pourrait me renseigner. Je sonnai. Après quelques minutes d'attente, je vis arriver un steward. Il m'informa que Mrs. Blair logeait dans la cabine n° 71.

— Et où est la femme de chambre? demandai-je.

— Elles finissent leur journée à dix heures, miss.

— Mais celle qui assure le service de nuit?

— Il n'y en a pas, miss.

— Mais... mais il y en a une qui est venue l'autre jour, à une heure du matin.

— Il n'y a pas de femme de chambre après dix heures, miss.

Mais alors, qui était la femme qui avait frappé à ma porte la nuit du 22? La ruse et l'audace de mes adversaires inconnus ne laissaient pas de me confondre. Finalement, je me ressaisis et quittai ma cabine pour celle de Mrs. Blair.

— Tiens, c'est vous, petite bohémienne!

Au milieu de robes et de lingerie de crêpe de Chine pêle-mêle sur le divan, Mrs. Blair, drapée dans le plus joli kimono que j'eusse jamais vu, m'accueillit par un délicieux sourire.

— Mrs. Blair, dis-je brusquement, je voudrais vous raconter l'histoire de ma vie — s'il n'est pas trop tard et si cela ne vous ennuie pas.

— Pas le moins du monde! Je déteste me coucher, et je serai ravie de connaître votre histoire. Cela vous ressemble, petite bohémienne, de tourmenter ma curiosité pendant des semaines, pour tomber tout à coup chez moi à une heure du matin avec votre confession! Allons, déchargez votre cœur.

Je lui racontai tout d'un bout à l'autre. Quand j'eus fini, elle me regarda avec un petit sourire.

— Savez-vous, Anne, que vous n'êtes pas une jeune fille ordinaire? Partir toute seule et presque sans argent! Mais que ferez-vous quand vous n'aurez plus le sou?

— A quoi bon me creuser la tête tant que j'en ai encore? Les vingt-cinq livres que m'a données Mrs. Flemming sont intactes et j'ai gagné quinze livres au bridge, hier. Quarante livres! Une fortune!

— Une fortune! Mon Dieu! murmura Mrs. Blair. Je ne suis pas poltronne, mais je vous assure que je ne pourrais m'embarquer gaiement avec quelques livres dans ma poche, sans savoir où je vais ni ce que je ferai.

— Mais précisément, m'écriai-je, c'est cela qui me plaît. La volupté de l'aventure!

Elle sourit.

— Vous avez de la chance, Anne. Peu de gens garderaient une telle sérénité à votre place.

— Enfin, dis-je impatiemment, que pensez-vous de tout cela, Mrs. Blair?

— Eh bien! mais c'est l'histoire la plus passionnante que j'aie entendue de ma vie! Seulement ne m'appelez plus Mrs. Blair. Dites Suzanne. Entendu?

— Entendu, Suzanne!

— Qu'elle est charmante! Et maintenant, parlons affaires. Vous dites que le secrétaire de sir Eustace — pas le grand brun au visage de pendard, mais l'autre — est l'homme qui s'est réfugié la nuit dans votre cabine? Donc, deux pistes qui nous mènent à sir Eustace. La femme a été assassinée dans *sa* maison, et c'est *son* secrétaire qui est blessé à une heure du matin — heure mystique! — Je ne soupçonne pas sir Eustace en personne, mais ce ne peut être une série de coïncidences. Il y a là quelque chose dont lui-même, peut-être, ne se doute pas. Et puis, cette histoire de la femme de chambre! De quoi avait-elle l'air?

— Ma foi, je n'ai pas fait attention. J'étais dans un tel état d'excitation — et rien que de la voir, ça m'a fait l'effet d'une douche froide. Il est vrai — maintenant que j'y repense — que son visage m'avait semblé familier. Mais j'avais pu la rencontrer sur le paquebot.

— Etes-vous sûre, demanda Suzanne, que ce n'était pas un homme?

— Elle était très grande.

— Hum!... Ce n'était certainement pas sir Eustace, ni Mr. Pagett... Attendez.

Elle prit un bout de papier et griffonna fiévreusement.

— Là! dites si ce n'est pas la tête du R.P. Chichester? Maintenant, les attributs.

Elle me tendit le croquis.

— N'est-ce pas votre femme de chambre, par hasard?

— Mais oui! m'écriai-je. Suzanne, vous êtes une merveille!

— J'ai toujours soupçonné ce Chichester. Vous vous rappelez comment il a laissé tomber sa tasse, l'autre jour, quand j'ai dit que Crippen avait été arrêté à bord d'un paquebot?

— Et il a essayé d'avoir le 17!

— Oui, et c'est lui qui a dû fouiller votre cabine. Mais que cherchait-il? Votre papier? A quoi bon? La fameuse date était déjà passée, à ce moment-là! A propos, l'avez-vous?

Elle l'examina, les sourcils froncés.

— Il y a un point après le chiffre 17. Pourquoi cabine, le 22, à 1 heure?

— Il y a une intervalle, indiquai-je.

— Oui, mais...

Elle examina le papier de près.

— Anne, ce n'est pas un point! C'est une petite tache. Une tache, vous m'entendez? Il ne faut donc pas faire attention au point, mais seulement aux intervalles. Voyez, cela donne 1 71 22. Ce n'est pas tout à fait la même chose. Le 22, à une heure, dans la cabine n° 71 — ma cabine, Anne!

Nous nous regardions, la bouche ouverte, heureuses comme si nous avions trouvé la clé du mystère. Tout à coup, je retombai sur la terre.

— Mais, Suzanne, il n'est rien arrivé dans votre cabine, le 22, à une heure?

Son visage s'allongea.

— Non, rien!

Une autre idée me traversa la tête.

— Ce n'est pas votre cabine à vous, Suzanne? Je veux dire pas celle que vous avez louée?

— Mais non, puisque j'ai changé de cabine.

— Quelqu'un l'a-t-il louée avant le départ? Quelqu'un qui n'est pas venu?

— Je sais qui, petite bohémienne! s'écria Suzanne. Le commissaire du bord m'en a parlé. La cabine était réservée pour Mrs. Grey, mais il paraît que sous ce pseudonyme se cachait la célèbre danseuse russe Nadine. Elle n'a jamais dansé à Londres, mais on était fou d'elle à Paris. Le commissaire du bord regrettait beaucoup son absence, et le colonel Race m'a raconté à ce propos un tas d'histoires. Toutes sortes de bruits couraient sur elle à Paris. On la soupçonnait d'espionnage pendant la guerre, mais sans preuves. Le colonel Race a dû s'occuper de près de cette affaire. C'est une bande de criminels extraordinairement organisée, m'a-t-il dit, qui fait de la politique et de l'espionnage, mais qui n'est pas spécialement allemande. A sa tête se trouve un homme qu'on appelle « le colonel ». On le croit anglais, mais on n'a jamais pu établir son identité. Il dirige une organisation criminelle internationale. Il fait de tout — espionnage, vols, escroqueries, en ayant toujours soin de se pourvoir d'un bouc émissaire. Il paraît qu'il est d'une adresse diabolique. On soupçonnait cette femme d'appartenir à sa bande, mais on manquait de preuves. Oui, Anne, nous sommes sur la trace. Nadine était certainement mêlée à cette affaire. C'est avec elle qu'on avait rendez-vous dans cette cabine à une heure du matin, le 22. Mais où est-elle? Pourquoi ne s'est-elle pas embarquée?

La lumière se fit dans mon esprit.

— *Parce qu'elle était morte.* Suzanne, Nadine est la femme assassinée à Marlow.

Mentalement, je revoyais la chambre vide dans la maison déserte, avec son atmosphère indéfinissable de crime et de cruauté. J'évoquai le crayon qui s'échappait de mes mains, la découverte du rouleau de pellicules. Et pourquoi cette pensée s'associait-elle dans mon esprit à Mrs. Blair?

Soudain, je la saisis par le bras, la secouant presque, tant je frémissais d'excitation.

— Vos pellicules! Celles qu'on vous a passées par le ventilateur. Est-ce que ce n'était pas le 22?

— Celles que j'ai perdues?

— Qu'en savez-vous? Pourquoi vous les aurait-on rendues de cette façon? Au milieu de la nuit? Ce serait absurde! Non, c'était un message, on a sûrement glissé quelque chose dans le cylindre. Les avez-vous?

— Il me semble. Si je n'en ai pas encore fait usage. Non, les voilà. Je me rappelle les avoir fourrées dans ce tiroir.

Elle me les tendit.

C'était un cylindre ordinaire pour les rouleaux de pellicules.

Je le saisis d'une main tremblante. Mon cœur bondit. Il était bien plus lourd qu'il n'aurait dû l'être. Palpitant d'angoisse, je déroulai la couche de papier. Une poignée de cailloux ternes et vitreux roula sur le lit.

— Des cailloux! dis-je, désappointée.

— Des cailloux? cria Suzanne.

La vibration de sa voix me fit frémir.

— Des cailloux? Non, Anne! Des *diamants*!

CHAPITRE XV

Des diamants!

Fascinée, je fixais le petit tas de cailloux.

— Vous êtes sûre, Suzanne?

— Absolument sûre, ma chérie. J'en ai assez vu, des pierres brutes! Celles-ci sont merveilleuses, uniques! Elles doivent avoir une histoire.

— Celle que nous avons entendue cette nuit, m'écriai-je.

— Comment?...

— Celle que nous a racontée le colonel. Ce n'est pas une coïncidence. Il a voulu voir l'effet qu'elle produirait.

— Sur sir Eustace?

— Oui.

Je le dis sans en être sûre. Etait-ce sir Eustace que le colonel avait en vue? N'était-ce pas moi, plutôt? J'avais déjà cru sentir qu'il me soupçonnait. De quoi? Et lui-même, que venait-il faire là-dedans?

— Qui est le colonel Race? demandai-je.

— Je ne l'ai jamais rencontré auparavant, dit Suzanne, mais j'en ai beaucoup entendu parler. C'est un grand chasseur. Un cousin de sir Laurence Eardsley, comme il vous a dit lui-même. Il va souvent en Afrique. On dit qu'il travaille pour l'Intelligence Service. Est-ce vrai? En tout cas, c'est un homme assez mystérieux.

— Avec ça, il vient d'hériter de la fortune de sir Laurence?

— Ma chère Anne, il nage dans l'or! Ce serait un parti magnifique pour vous.

— Je n'y arriverai jamais, avec vous pour rivale. Oh! ces femmes mariées!

— Evidemment, il est très commode de faire la cour à une femme mariée. D'autant plus qu'on sait combien j'adore mon mari. Ce cher Clarence! Quand je deviens trop fatigante, il se réfugie au ministère des Affaires étrangères, où il peut à loisir enfoncer son monocle dans l'œil et s'endormir dans son grand fauteuil. Si je lui envoyais une dépêche pour lui demander des renseignements sur le colonel Race? Je suis sûre que vous l'avez séduit, ma petite! Un regard de ces beaux yeux, et ce sera fait! On se fiance toujours à bord d'un paquebot. On n'a pas autre chose à faire.

— Je ne veux pas me marier.

— Quelle bêtise! C'est charmant d'être mariée — même avec Clarence.

— Parlons sérieusement, dis-je. Ce que je veux savoir, c'est le rôle du colonel Race dans cette affaire.

— Vous ne croyez pas que c'est par hasard qu'il nous a fait ce récit?

— Jamais de la vie! Il nous observait tous. Rappelez-vous ce qu'il a dit; on a retrouvé *quelques* diamants, mais pas tous. Peut-être avons-nous là ceux qui manquaient? Peut-être...

— Peut-être quoi?

Je ne répondis pas directement.

— Je voudrais savoir ce qu'est devenu l'autre jeune homme. L'ami du jeune Eardsley. Comment s'appelait-il déjà? Lucas?

— En tout cas, nous commençons à voir clair. Ce qu'ils veulent tous, ce sont les diamants. C'est pour les avoir que l'homme au complet marron a tué Nadine.

— Il ne l'a pas tuée, dis-je violemment.

— Comment, il ne l'a pas tuée? Qui l'a tuée, alors?

— Je n'en sais rien. Mais ce n'est pas lui.

— Il est entré dans la maison trois minutes après elle et il en est sorti blanc comme linge.

— Parce qu'il l'a trouvée morte.

— Mais personne d'autre n'est entré.

— C'est que l'assassin était déjà dans la maison ou qu'il y avait une autre entrée. Pourquoi passer devant la loge? Il pouvait enjamber le mur.

Suzanne me regarda fixement.

— L'homme au complet marron, répéta-t-elle. Qui peut-il être? En tout cas, c'est le médecin du métro. Il a enlevé son déguisement et suivi la femme à Marlow. Elle devait y rencontrer Carton... Mais il ne savait pas, lui, qu'il était suivi par l'homme au complet marron. Quand il l'a reconnu, il a eu un tel choc qu'il a perdu la tête et qu'il est tombé sur la voie... Tout cela est certain. L'homme au complet marron lui a dérobé le papier, celui qu'il a laissé tomber, tellement il se hâtait, et que vous avez ramassé. Puis il a suivi la femme à Marlow. Ensuite, quand il l'a tuée — ou qu'il l'a trouvée morte — où est-il allé?

Je gardai le silence.

— Je me le demande! poursuivit Suzanne. Est-il possible qu'il ait forcé sir Eustace Pedler à le prendre à bord en qualité de secrétaire? C'était une chance unique de salut. Mais comment est-il arrivé à convaincre sir Eustace? Avait-il prise sur lui?

— Ou sur Pagett? dis-je involontairement.

— Vous n'aimez pas Pagett. Anne, pourtant, sir Eustace affirme qu'il est honnête et consciencieux. Mais revenons à nos moutons. Rayburn est l'homme au complet marron. Il a lu le papier qu'il a laissé tomber. Il a fait la même erreur que vous, c'est-à-dire pris la tache pour un point, et tenté de pénétrer dans la cabine 17 à une heure du matin, le 22, après avoir d'abord tâché de s'emparer de la cabine par l'entremise de Pagett. En route quelqu'un le blesse.

— Qui?

— Chichester. Oui, tout se tient. Télégraphiez à lord Nasby que vous avez trouvé l'homme au complet marron et que votre fortune est faite.

— Vous avez omis certains détails.

— Lesquels? Rayburn a une cicatrice, je sais, mais c'est facile à fabriquer, une cicatrice! A part ça, il correspond exactement au signalement. Qu'est-ce que cette variété de crâne que vous leur avez signalée, à la police?

Je frémis. Suzanne était une femme instruite, mais j'espérais qu'elle ne connaissait pas les termes techniques de l'anthropologie.

— Dolichocéphale, dis-je négligemment.

— Tiens, j'avais cru entendre autre chose.

— Mais non. Dolichocéphale. Ça veut dire une tête longue. Une tête dont la largeur a moins de 75 % de sa longueur.

Un silence. Je commençai à respirer quand Suzanne demanda soudain:

— Et le contraire?

— Quoi, le contraire?

— Eh bien! il doit exister un contraire. Les crânes dont la largeur a plus de 75 % de leur longueur?

— Brachycéphale, murmurai-je à contrecœur.

— C'est bien cela. C'est ce que vous aviez dit d'abord.

— Vraiment? Une faute de distraction.

Suzanne me fixa longuement et se mit à rire.

— Vous mentez très bien, petite bohémienne. Mais cela vous évitera des ennuis si vous me dites carrément la vérité.

— Il n'y a rien à dire, murmurai-je.

— Rien de rien? chuchota doucement Suzanne.

— Allons, puisqu'il le faut, je vais m'exécuter. Je n'en ai pas honte. Peut-on avoir honte d'une chose qui vous arrive sans que vous le vouliez? Il a été affreux, brutal, ingrat, insolent, mais je crois que je le comprends. Il est comme un chien enchaîné, qu'on a malmené, et qui a envie de mordre. Oui, c'est bien cela: il est mordant, amer. Je ne sais pas pourquoi, je l'aime, mais je l'aime. Je le veux. Je traverserai toute l'Afrique pieds nus s'il le faut et je le forcerai à m'aimer. Je mourrais pour lui. Je travaillerais, je bûcherais, je volerais, et même, s'il le fallait, j'emprunterais ou je mendierais pour lui. Là, maintenant, vous savez tout.

Suzanne me regarda longuement.

— Vous n'avez pas du tout la mentalité anglaise, petite bohémienne, dit-elle enfin. Vous n'êtes pas sentimentale pour deux sous. Je n'ai jamais rencontré une femme à la fois aussi pratique et aussi passionnée. Je n'aimerai jamais personne de cette façon-là — heureusement pour moi! — et pourtant je vous envie. C'est quelque chose de pouvoir aimer. La plupart des gens ne le peuvent pas. Il a eu de la chance de ne pas vous épouser, votre petit docteur de province! Si j'en juge d'après votre description, il n'est pas de ceux à qui ça ferait plaisir de garder un explosif dans leur maison. Alors... vous ne télégraphiez pas à lord Nasby? Vous le tenez pour innocent? Ma chère Anne, les faits sont les faits. Malgré tout ce que vous dites, il a pu assassiner cette femme.

— Non, dis-je. Il ne l'a pas fait.

— C'est du sentiment.

— Non! Je vous dis que non. Il aurait pu l'assassiner. Il l'a peut-être suivie dans cette intention. Mais il n'aurait pas pris un bout de corde noire pour l'assassiner. Il l'aurait étranglée de ses propres mains.

Suzanne eut un petit frisson.

— Hum! Je commence à comprendre, ma petite, pourquoi ce jeune homme vous plaît tant!

CHAPITRE XVI

— Elle était bien intéressante, l'histoire que vous nous avez racontée hier, dis-je le lendemain au colonel Race, accoudé sur le parapet du pont à côté, et respirant avec délices la brise parfumée.

— Laquelle?

— L'histoire des diamants.

— Dès qu'il s'agit de diamants, les femmes tiquent!

— C'est vrai. A propos, qu'est donc devenu l'autre jeune homme? Vous dites qu'il y en avait deux.

— Le jeune Lucas? Eh bien! on ne pouvait le juger sans juger l'autre, il a été remis en liberté lui aussi.

— Et qu'est-ce qui lui est arrivé après?

— Il a fait la guerre et s'est conduit très courageusement. Il a été porté sur la liste comme blessé et disparu. On le croit mort.

Le visage du colonel Race était semblable à un masque.

J'eus plus de succès en interviewant le steward de nuit. A l'aide d'un petit encouragement financier, il ne demanda pas mieux que de parler.

— La dame n'a pas eu peur, n'est-ce pas, miss? Je crois qu'il s'agissait d'un pari.

Peu à peu, je tirai de lui toute l'histoire. Au cours de la traversée du Cap en Angleterre, un des passagers lui avait confié le rouleau de pellicules en lui recommandant de les jeter par le trou du ventilateur de la cabine 71, le 22 janvier, à une heure du matin, pendant le retour vers le sud. C'était, lui avait-il dit en le rémunérant généreusement, un pari avec la passagère qui occupait la cabine. Comme Mrs. Blair changea de cabine presque aussitôt, grâce à l'amabilité du commissaire du bord, il ne vint pas à l'idée du steward qu'elle pût être une autre. Le nom du passager en question était Carton, et son signalement correspondait exactement à celui de l'homme tué dans le métro.

De cette façon, un mystère au moins était éclairci, et les diamants, manifestement, représentaient la clé de la situation.

Ces dernières journées sur le *Kilmorden-Castle* passèrent très vite. Plus nous approchions du Cap, plus je me rendais compte des difficultés de ma tâche. J'avais à surveiller Mr. Chichester, sir Eustace, son secrétaire, le colonel Race... Je ne pensais presque plus à Mr. Pagett, lorsqu'un nouvel entretien vint à nouveau faire germer le doute dans mon esprit.

Je n'avais pas oublié son incompréhensible émotion le jour où l'on avait parlé de Florence, et je saisis le premier prétexte venu, à la veille de l'arrivée du paquebot, pour lui demander:

— Aimez-vous Florence? J'ai toujours eu envie d'y aller!

— Oh! oui, miss Beddingfeld. Veuillez m'excuser, j'ai des lettres à taper pour sir Eustace.

— Non, non, m'écriai-je en le retenant fermement par le pan de son veston. Vous ne vous en irez pas! Je suis sûre que sir Eustace vous en voudrait de me laisser seule. Pourquoi ne voulez-vous jamais parler de Florence, Mr. Pagett? Avouez que vous y avez un secret coupable!

Ma main reposait encore sur son bras, et je le sentis tressaillir.

— Mais non, miss Beddingfeld, mais non, je vous assure. Je vous en parlerai volontiers, mais il y a des dépêches...

— Mr. Pagett, ce n'est qu'un prétexte. Je dirai à sir Eustace...

Il tressaillit de nouveau. Décidément, cet homme était tout nerfs!

— Que voulez-vous savoir?

Son ton de martyr me fit sourire.

— Oh! tout, tout! Les tableaux, les oliviers, les...

Je m'arrêtai, à court d'imagination.

— Heu... quel est votre tableau préféré à Florence?

— C'est... c'est... la Madone... enfin... Raphaël...

— Belle Florence! murmurai-je, sentimentale. Les rives pittoresques de l'Arno... Quel fleuve magnifique! Et le Duomo? Vous vous rappelez le Duomo?

— Certainement, certainement!

— C'est un bien beau fleuve, le Douomo, n'est-ce pas? hasardai-je. Presque plus beau que l'Arno.

— Vous avez raison, je le trouve bien mieux.

Enhardie par le succès de mon subterfuge, j'allai plus loin, Mr. Pagett se livrait, pieds et poings liés, par tout ce qu'il avait le malheur de dire. De sa vie, il n'avait vu Florence.

Mais, s'il n'était allé à Florence, où avait-il été? En Angleterre? Au moment de l'assassinat dans la villa du Moulin à Marlow? Je risquai un pas audacieux.

— Il me semble, dis-je, que je vous ai déjà vu quelque part. Je dois me tromper, puisque vous étiez à Florence à ce moment-là, et pourtant...

Je l'observai. Il avait un air traqué. Il passa sa langue sur ses lèvres sèches.

— Mais où... où...

— Où ai-je cru vous apercevoir? terminai-je sa phrase. A Marlow! Vous connaissez Marlow? Ah! mais oui! Sir Eustace y a une villa, n'est-ce pas?

Mais, avec une excuse bredouillée à la hâte, ma victime se leva et s'enfuit.

— Vous voyez, Suzanne, disais-je, la nuit même, à Mrs. Blair, qu'il était en Angleterre, à Marlow, au moment de l'assassinat. Etes-vous toujours sûre de la culpabilité de l'homme au complet marron?

— Je ne suis sûre que d'une chose, dit Suzanne en clignant de l'œil.

— Laquelle?

— C'est que l'homme au complet marron est plus beau que ce pauvre Mr. Pagett. Allons, allons, Anne, ne vous fâchez pas! Je vous taquinais. Asseyez-vous. Causons. Je ne plaisante plus. Vous avez fait là une découverte importante. Jusqu'à présent, nous croyions que Pagett avait un alibi. Il n'en a plus. Nous devons le surveiller, lui et tous les autres. Autre chose, maintenant: le côté finances. Non, ne levez pas le nez en l'air! Je sais que vous êtes follement orgueilleuse et indépendante, mais rendez-vous au bon sens. Nous sommes des associés; je ne vous donnerai pas un sou parce que je vous aime bien ou parce que vous êtes orpheline et seule au monde, mais le fait est que je veux un frisson, et que je suis prête à le payer. Nous allons nous embarquer dans cette aventure sans souci des frais. Primo, je vous invite à l'hôtel Nelson, au Cap. Sir Eustace y descendra aussi. De là, il ira en Rhodésie. Il aura un train spécial, et l'autre jour, au bal masqué, après son quatrième verre de champagne, il m'a proposé de l'accompagner. Je le prendrai au mot.

— Bon, dis-je. Vous surveillerez sir Eustace et Pagett, et je me chargerai de Chichester. Quant au colonel Race...

Suzanne me regarda curieusement.

— Voyons, Anne, vous ne soupçonnez tout de même pas...

— Je soupçonne tout le monde, même les personnes les plus invraisemblables.

— Le colonel Race, lui aussi, part pour la Rhodésie, fit Suzanne, pensive. Si nous pouvions le faire inviter par sir Eustace!

— Vous le pouvez. Vous pouvez tout ce que vous voulez.

— J'aime les compliments, ronronna Suzanne.

J'étais trop excitée pour me coucher immédiatement. C'était ma dernière nuit à bord. Je montai sur le pont désert et noir. Il était minuit passé. Une brise fraîche soufflait. Je m'appuyai sur le parapet, suivant des yeux la trace phosphorescente du navire. Il s'élançait vers le sud à travers les eaux ténébreuses. Je restais immobile, songeuse, perdue dans mon rêve.

Soudain, j'eus l'intuition curieuse d'un danger qui me menaçait. Je n'avais rien entendu, mais je le sentis instinctivement. Une ombre se glissait derrière moi. Comme je me retournais elle fit un bond. Une main agrippa ma gorge, étranglant mes cris. Je luttai désespérément, mais j'avais peu de chance d'en réchapper. A demi étranglée, je mordais et griffais comme savent le faire les femmes. L'homme était handicapé par la nécessité de m'empêcher de crier. S'il avait réussi à me saisir à l'improviste, il aurait eu vite fait de me lancer par-dessus bord. Les requins eussent fait le reste.

Je me sentais faiblir. Mon agresseur dut s'en rendre compte. Il redoubla d'efforts. Soudain, sans bruit, une autre ombre nous rejoignit. D'un coup de poing formidable, elle envoya rouler mon adversaire sur le sol. Délivrée, tremblante, je m'appuyai contre le parapet.

Mon sauveur se tourna vers moi.

— On vous a fait mal?

Sa voix vibrait sauvagement, menaçant celui qui avait osé me faire mal. Avant même qu'il parlât, je l'avais reconnu. C'était mon homme, l'homme à la cicatrice.

Mais cet unique moment avait suffi à l'ennemi terrassé. Rapide comme un éclair, il s'était levé et avait gagné le large. Avec un juron, Rayburn se jeta à sa poursuite. Je le suivis cahin-caha. Sur le seuil du salon, un homme gisait. Rayburn était penché sur lui.

— Vous l'avez frappé de nouveau? chuchotai-je.

— Je n'en ai pas eu besoin. Je l'ai trouvé gisant

sur le seuil. Il a dû se cogner à la porte. Voyons un peu qui c'est.

Rayburn fit flamber une allumette. Nous jetâmes une exclamation. C'était Guy Pagett.

Rayburn paraissait absolument confondu.

— Pagett, marmonna-t-il. Mon Dieu, Pagett!

Je pris un petit air de supériorité.

— Vous semblez surpris.

— Vous pas? Vous l'avez reconnu quand il vous a attaquée?

— Non, il faisait trop noir. Mais quand même, je ne suis pas étonnée.

Il me fixa d'un œil soupçonneux.

— Que venez-vous faire dans cette galère? Et que savez-vous au juste?

— Pas mal de choses, monsieur... euh... Lucas!

Il me saisit par le bras, si violemment que je faillis jeter un cri.

— Où avez-vous pris ce nom? demanda-t-il d'une voix rauque.

— Ce n'est peut-être pas le vôtre? dis-je suavement. Préférez-vous que je vous appelle l'homme au complet marron?

Pétrifié de surprise, il lâcha mon bras et recula.

— Etes-vous une femme ou une sorcière?

— Je suis une amie. Je vous ai déjà offert mon aide une fois. Je vous l'offre de nouveau. En voulez-vous?

— Non. Pas de femme! Assez!

De nouveau, je me sentis envahie par les démons de l'orgueil et de la colère.

— Ne savez-vous donc pas, dis-je, que vous êtes en mon pouvoir? Un mot de moi au capitaine, et...

— Dites-le, railla-t-il. Puis, s'avançant brusquement: Ignorez-vous, ma belle, que j'ai toute puissance sur vous en ce moment? Si je vous prenais à la gorge — d'un mouvement soudain il exécuta sa menace — tenez, comme ça, si je vous étranglais, si je jetais votre corps aux requins, qu'est-ce que vous en dites?

Je ne dis rien. Je ris. Et pourtant je savais que le danger était réel. Il me haïssait à ce moment-là. Mais j'aimais ce danger, j'aimais ses mains sur ma gorge. Je n'aurais échangé cette minute-là contre aucune autre de ma vie...

Avec un éclat de rire, il me lâcha.

— Comment vous appelez-vous? demanda-t-il brusquement.

— Anne Beddingfeld.

— Vous n'avez peur de rien, Anne Beddingfeld. (Il secoua du pied le corps évanoui de Pagett.) Qu'allons-nous en faire? Le jeter par-dessus bord? dit-il négligemment.

— Si vous voulez, répondis-je avec le même calme.

— J'admire votre férocité, miss Beddingfeld. Mais nous le laisserons reprendre conscience. Il n'est pas sérieusement blessé.

— Vous reculez devant un second assassinat?

— Un second assassinat?

— La femme à Marlow, rappelai-je, l'observant pour voir l'effet de mes paroles.

Son visage devint sinistre. Il semblait avoir oublié ma présence.

— J'aurais pu la tuer, dit-il. Je crois même que je le voulais...

Une haine farouche envers la morte m'embrasa. J'aurais pu la tuer, moi, si elle était ressuscitée... Car, pour la détester ainsi, il avait dû l'aimer!

Je me repris et dis d'une voix normale:

— Je crois que nous avons tout dit, excepté bonne nuit.

— Bonne nuit et adieu, miss Beddingfeld.

— Au revoir, Mr. Lucas!

Il tressaillit de nouveau et avança d'un pas.

— Pourquoi me dites-vous au revoir?

— Parce que je crois que nous nous reverrons.

— J'espère bien que non!

Son impertinence ne me blessa pas. Au contraire, j'éprouvai une satisfaction secrète. Je ne suis pas si sotte que j'en ai l'air.

— Malgré tout, dis-je gravement, je crois que nous nous reverrons.

— Pourquoi?

Je gardai le silence, incapable de m'expliquer.

— Jamais, dit-il avec une violence soudaine. Je ne veux vous revoir jamais.

Certes, c'était de la dernière insolence. Mais je ne répondis que par un petit rire et disparus dans l'obscurité.

Je l'entendis faire un pas à ma poursuite, puis s'arrêter et me jeter un seul mot: Sorcière!

CHAPITRE XVII

EXTRAIT DU JOURNAL DE SIR EUSTACE PEDLER

Nelson-Hotel, Le Cap.

Quel bonheur de ne plus être à bord de ce satané paquebot! Je me sentais tout le temps pris dans les mailles d'un réseau compliqué d'intrigues. Par-dessus le marché, Guy Pagett a dû s'engager dans une querelle d'ivrognes, à la veille de notre arrivée. Car ce ne peut être que ça, malgré toutes ses explications. Que dois-je penser d'un bonhomme qui m'arrive avec un œil poché et un bleu énorme sur le front? Naturellement, si je l'écoutais, je croirais que c'est là le résultat de son dévouement pour moi. Il m'a raconté une histoire vague et étrange, sans queue ni tête. Il paraît qu'au milieu de la nuit, après avoir tapé mes dépêches, il a aperçu une ombre qui se faufilait près de ma cabine. Il l'a suivie.

— En voilà une idée, Pagett, de suivre un pauvre diable qui souffre d'insomnie. Il est tout naturel qu'il vous ait donné un bon coup dans l'œil!

— Mais vous ne m'avez pas écouté jusqu'au bout,

sir Eustace. Je suis sûr que c'était — et Pagett, respirant bruyamment comme il le fait toujours à ses moments d'émotion, se rapprocha de moi — que c'était Rayburn!

— Rayburn? Pourquoi diable aurait-il voulu me réveiller au milieu de la nuit?

— Il y a là un mystère, sir Eustace. Autrement, pourquoi m'aurait-il assailli si brutalement?

— Vous êtes sûr que c'était lui?

— Absolument sûr, sir Eustace.

— Pagett, ne m'envoyez pas de postillons et respirez moins fort. Et dites-moi d'abord, où est-il ce Rayburn?

En effet, mon deuxième secrétaire a disparu. Depuis que nous avons quitté le paquebot, il ne s'est pas montré. Tout cela est très ennuyeux. Un de mes secrétaires s'évanouit dans le bleu, et l'autre m'arrive avec la mine d'un boxeur battu. Je ne peux pas le prendre avec moi dans cet état-là. Je serai la risée du Cap. J'ai rendez-vous dans la journée pour remettre le billet doux du vieux Milray, mais je laisserai Pagett à l'hôtel. Il m'agace avec ses mystères.

Plus tard.

Il est arrivé une chose très sérieuse. Je suis allé voir le Premier ministre, avec la lettre cachetée de Milray. Quand il l'a ouverte, il y avait dedans une feuille blanche.

Me voilà dans un beau pétrin! Pourquoi me suis-je laissé embobiner par ce vieil idiot de Milray?

Pagett se repaît d'une sorte de satisfaction lugubre qui me porte superlativement sur les nerfs.

— Supposez un instant, sir Eustace, que Rayburn,

par hasard, ait saisi au vol des bribes de votre entretien avec Mr. Milray, dans la rue? Rappelez-vous, il n'avait pas de lettre.

— Vous croyez donc que Rayburn est un malfaiteur?

C'est l'opinion de Pagett. Et je commence à croire qu'il a peut-être raison. Mais je préfère ne pas soulever trop de bruit autour de cette affaire. Quand on a fait l'idiot, on n'aime pas que les autres s'en aperçoivent.

Ce n'est pas l'idée de Pagett. Il a insisté sur des mesures énergiques, et finalement, bien entendu, je l'ai laissé faire. Il a couru au commissariat de police, envoyé des dépêches innombrables et offert des whisky-soda à mes frais à quantité d'agents anglais et hollandais.

Ce soir, nous avons reçu la réponse de Milray. Il ne m'a jamais envoyé de secrétaire.

Plus tard.

Pagett est dans son élément. Il déborde d'idées plus brillantes les unes que les autres. Le voilà qui affirme que Rayburn n'est autre que le fameux homme au complet marron. Peut-être a-t-il raison. Il a toujours raison. Mais tout cela commence à m'ennuyer. J'espère partir le plus tôt possible pour la Rhodésie. J'ai expliqué à Pagett que je ne le prendrais pas avec moi.

— Vous devez rester ici, mon ami, dis-je. On vous demandera d'identifier Rayburn. En outre, j'ai à sauvegarder ma dignité de membre du Parlement anglais, et je ne peux pas traîner derrière moi un secrétaire qui a l'air de sortir d'une vulgaire querelle d'ivrognes.

Pauvre Pagett! Cet œil poché est un malheur pour un homme si éminemment respectable!

— Mais que ferez-vous de votre courrier, sir Eustace, et des notes pour vos discours?

— Ça s'arrangera, dis-je à la légère.

— Votre wagon spécial sera attaché au train de onze heures, demain matin. J'ai tout préparé. Mrs. Blair prend-elle sa femme de chambre?

— Mrs. Blair? m'exclamai-je.

— Elle m'a dit que vous l'aviez invitée.

En effet, maintenant je m'en souviens! La nuit du bal masqué. Mais je ne croyais jamais qu'elle me prendrait au mot. Mrs. Blair est charmante, mais au diable si j'ai envie de passer cinq jours en sa compagnie! Les femmes sont tellement encombrantes.

— Ai-je invité quelqu'un d'autre? demandai-je nerveusement. On ne se rappelle plus ce qu'on a fait à ces moments d'effusion.

— Mrs. Blair a l'air de croire que vous avez invité aussi le colonel Race.

Je poussai un grognement.

— J'étais saoul, décidément! Ai-je invité encore quelqu'un, Pagett?

— Pas que je sache, sir Eustace.

Je poussai un soupir de soulagement. Puis:

— Il reste miss Beddingfeld. Elle veut aller en Rhodésie pour déterrer des fossiles, je crois. Si je lui offrais d'être ma secrétaire par intérim? Elle m'a dit qu'elle savait taper à la machine.

A mon grand étonnement, Pagett a violemment

protesté. Je ne sais pas ce qu'il a contre Anne Beddingfeld. Il sue le mystère par tous ses pores.

J'inviterai cette petite fille pour embêter Pagett. Comme je l'ai déjà dit, elle a des jambes adorables.

CHAPITRE XVIII

ANNE REPREND SON RÉCIT

Jamais je n'oublierai le moment où j'ai vu pour la première fois la Montagne de la Table.

Je me levai très tôt et je montai sur le pont. Des nuages blancs flottaient sur la cime; à ses pieds, au bord de la mer, la ville dormait, dorée par le soleil éclatant.

J'en eus la respiration coupée. Et cette drôle de douleur aiguë qu'on ressent tout à coup en face de quelque chose de trop beau. Je compris que c'était là ce que je cherchais depuis que j'avais quitté mon village. Quelque chose d'immense qui assouvissait ma soif d'aventure.

« Anne Beddingfeld, me disais-je, Anne Beddingfeld, ma petite, c'est l'Afrique du Sud! C'est le vaste monde! Anne, ma fille, tu vis! »

Une silhouette s'approcha du parapet. Je savais qui c'était. A la lumière du soleil, la scène nocturne semblait irréelle et mélodramatique.

— Miss Beddingfeld?

— Oui.

Je me retournai.

— Je voudrais vous faire mes excuses. Je me suis conduit comme une brute. Me pardonnez-vous?

Silencieusement, je lui tendis la main. Il la serra.

— Il y a autre chose que je tiens à vous dire, miss Beddingfeld. Vous ne le savez peut-être pas, mais vous êtes mêlée à une affaire dangereuse. Vous ne vous rendez pas compte à quel point. Elle ne vous concerne pas en réalité. Ne vous laissez pas tenter par la curiosité et ne vous immiscez pas dans les affaires des autres. Ne vous fâchez pas. Je ne parle pas de moi. Mais ces hommes, ils ne s'arrêteront devant rien. Ils sont impitoyables. Voyez, cette nuit déjà, on a voulu en finir avec vous. Ils croient que vous savez quelque chose. Votre seul moyen est de les persuader du contraire. Si vous tombez dans leurs mains, n'essayez pas de faire la maligne, dites la vérité, c'est votre unique chance.

— Vous me donnez la chair de poule, Mr. Rayburn. Mais pourquoi prenez-vous la peine de m'avertir?

— C'est peut-être la dernière chose que je puisse faire pour vous. Qui sait si on me laissera descendre? Vous n'êtes pas la seule qui sache que je suis l'homme au complet marron. Non, non, je ne doute pas de vous! Mais il y en a un autre qui le sait. J'espère qu'il ne parlera pas, parce qu'il aime jouer la partie à lui seul. Une fois pris par la police, je ne pourrai plus lui être utile. En liberté, peut-être aura-t-il encore besoin de moi.

Beau joueur, il jouait avec le destin. Il savait perdre en souriant. L'espace d'un instant, ses yeux clairs brûlèrent les miens. Puis il se détourna brusquement et partit.

J'avoue franchement que les deux heures qui suivirent furent désagréables. Ce n'est que lorsque je descendis du paquebot, sûre qu'aucune arrestation n'avait été opérée à bord, que je m'aperçus combien la journée était belle et quelle faim de loup j'avais. Suzanne m'emmena à l'hôtel.

Après le petit déjeuner, je contemplai le paysage par la fenêtre; j'avais une chambre donnant sur la montagne, à côté de celle de Suzanne. Celle-ci cherchait déjà une crème de beauté spéciale. Ce ne fut qu'après une double application de ladite crème qu'elle se montra disposée à m'écouter. Nous décidâmes d'attendre encore quelque temps avant de dresser notre plan de bataille. A onze heures, des amis de Suzanne vinrent la chercher pour déjeuner. Après une flânerie solitaire à travers la ville ensoleillée, je revins à l'hôtel vers quatre heures et j'y trouvai, à ma grande surprise, un petit mot du conservateur du musée. Il venait de lire sur la liste des passagers du *Kilmorden-Castle* le nom de la fille du défunt professeur Beddingfeld, qu'il avait connu et admiré. Lui et sa femme seraient charmés de m'offrir le thé chez eux, à Muisenberg. Il me donnait toutes les instructions nécessaires pour trouver mon chemin.

Cela me faisait plaisir de voir qu'on se souvenait de mon pauvre papa. Je prévoyais que j'aurais à admirer tous les fossiles du musée, avant de quitter la ville, mais tant pis, je le ferais par pitié envers la mémoire de mon père.

Je mis mon plus beau chapeau (un des vieux chapeaux de Suzanne) et ma robe la moins chiffonnée, et je pris le train pour Muizenberg. En moins d'une demi-heure, j'étais arrivée. L'endroit était charmant. Non sans difficulté, je trouvai la villa. Elle était située de l'autre côté de la montagne, un peu isolée. Je sonnai, et un Kafir vint m'ouvrir.

— La signora Raffini? demandai-je.

Il me fit entrer et, me précédant dans le couloir, ouvrit une porte. Sur le seuil, j'hésitai. Une intuition subite me fit frémir d'angoisse. Mais je passai le seuil et la porte se referma avec un bruit sourd.

Un homme, assis à son bureau, se leva et vint à moi, la main tendue.

— Enchanté de vous voir, miss Beddingfeld.

Il était de grande taille et portait une épaisse barbe rousse, — un Hollandais probablement. Il ne ressemblait pas le moins du monde à un conservateur de musée. En un clin d'œil, je compris la sottise que j'avais faite.

J'étais entre les mains de l'ennemi.

CHAPITRE XIX

Tout cela me rappelait étrangement l'épisode III des *Aventures de Paméla*. Moi, assise au balcon — une place à six pence — dévorant des yeux le film, croquant une tablette de chocolat au lait et rêvant de me trouver dans une situation semblable. Voici enfin qu'il arrivait pareille chose. Mais je ne trouvais pas cela aussi amusant que je l'avais cru. C'est très joli sur l'écran — quand on est bien sûre qu'il y aura un épisode IV. Mais en réalité, il n'y a aucune garantie qu'Anne l'Aventurière ne finisse pas brusquement sa vie à la fin de n'importe quel épisode.

Oui, j'étais dans la souricière. Tout ce que Rayburn m'avait dit pas plus tard que ce matin me revenait à la mémoire. Dites la vérité, me dit-il. En quoi cela m'aiderait-il? Jamais on ne croirait que j'avais fait cette escapade folle sur la foi d'un bout de papier sentant la naphtaline. Quelle histoire abracadabrante! En cette minute de bon sens je maudissais ma soif d'aventures idiote et mélodramatique et j'aurais tout donné pour le paisible ennui de mon petit village.

Tout ceci traversant mon esprit avec une rapidité foudroyante, je fis un mouvement instinctif vers la porte. Mon interlocuteur ricana.

— Vous y êtes, vous y resterez, dit-il.

— J'ai été invitée par le conservateur du musée municipal du Cap. Si j'ai fait une erreur...

— Une erreur? Oh! oui, une erreur considérable! Il éclata de rire.

— De quel droit me retenez-vous ici? J'informerai la police.

— Dirait-on pas un chien qui aboie!

— Vous êtes un fou dangereux, c'est tout ce que je peux dire.

— Vraiment?

— Je voudrais que vous sachiez que mes amis savent parfaitement où je suis allée, et que si je ne suis pas de retour ce soir, ils viendront me chercher. Compris?

— Bien vrai, vos amis savent où vous êtes? Et quels amis, s'il vous plaît?

Je calculai mentalement mes chances. Nommerais-je sir Eustace? Il était une personnalité marquante, et son nom ferait peut-être de l'effet. Mais s'ils étaient en contact avec Pagett, ils sauraient que je mentais. Mieux valait ne pas risquer un mensonge.

— Mrs. Blair, dis-je. L'amie que j'accompagne.

— Comment le saurait-elle? Vous ne l'avez pas vue depuis onze heures du matin.

— Vous êtes très fin, monsieur, dis-je. Mais peut-être avez-vous entendu parler de cette invention utile qui s'appelle le téléphone. Elle m'a téléphoné avant mon départ et je lui ai dit où j'allais.

A ma grande stupéfaction, une ombre d'inquiétude passa sur son visage. Il n'avait pas songé que Suzanne pourrait me téléphoner. Quel malheur qu'elle ne l'eût pas fait en réalité!

— Assez de bavardages, dit-il rudement.

— Qu'allez-vous faire de moi?

— Vous mettre en état de ne plus nous nuire au cas où vos amis viendraient vous chercher.

Un instant mon sang se glaça, mais la phrase suivante me rassura.

— Demain, vous aurez à répondre à certaines questions, et quand ce sera fait, on verra, ma petite: on en a fait parler d'autres que vous!

Ce n'était pas gai, mais c'était un sursis. J'avais une journée pour réfléchir. Cet homme obéissait évidemment aux ordres d'un supérieur. Ce supérieur était-il Pagett?

Il appela deux Kafirs. On m'emmena au second. Malgré ma résistance, on me bâillonna et me déposa, pieds et poings liés, dans une mansarde poussiéreuse sous les toits. Le Hollandais me fit un salut moqueur et se retira, fermant la porte derrière lui.

J'étais sans défense. Mes liens étaient si solides qu'il n'y avait pas moyen de les détacher. Le bâillon m'empêchait de crier. Même si quelqu'un passait sur la route déserte devant la maison, on ne m'entendrait pas. En bas, une porte se referma. Le Hollandais sortait, sans doute.

C'était affolant de ne pouvoir rien. Je tirai sur mes nœuds, mais ils étaient solides. Finalement, je renonçai à tout effort, et m'endormis ou m'évanouis. Quand je me réveillai, tout mon corps était douloureux. Il faisait noir, la lune montait dans le ciel.

Le bâillon m'étouffait à moitié et la douleur était presque insupportable.

C'est alors que j'aperçus un tesson dans un coin de la pièce. Un rayon de lune le faisait briller, et ce scintillement avait attiré mon regard. Une idée me vint.

Mes jambes et mes bras étaient liés, mais ne pouvais-je pas *rouler?* Lentement, maladroitement, je me mis en mouvement. Ce n'était pas facile. Mon corps était tout endolori, je ne pouvais protéger mon visage avec mes mains, et le plus compliqué était de me mouvoir dans la direction voulue. Je roulais de tous les côtés. Finalement, je parvins jusqu'au tesson. Il effleurait mes mains liées.

Cela me prit beaucoup de temps d'appuyer le débris de verre contre le mur, de façon qu'il frottât mes liens.

L'opération fut si longue et si douloureuse que je désespérais presque. Mais en fin de compte je réussis à scier les cordes qui serraient mes poignets. Le principal était fait. Le reste n'était qu'une question de temps. Je rétablis la circulation du sang en frottant vigoureusement mes poignets, et ôtai ensuite mon bâillon. En respirant librement, je crus ressusciter.

Lorsque j'eus défait jusqu'au dernier nœud, chancelante, je me redressai, fis des mouvements rythmiques pour retrouver l'usage de mes membres et ne me glissai vers la porte que lorsque je fus sûre de mes forces. Comme je l'espérais, elle n'était pas fermée à clé.

Tout était désert et silencieux. La lune, par la fenêtre, éclairait l'escalier poussiéreux. Je m'y faufilai, très circonspecte. Sur le palier, un bruit de voix parvint à mes oreilles. Je fis la morte. Au mur, une horloge marquait minuit.

Avec des précautions infinies, je descendis l'escalier et aperçus dans le hall un jeune Kafir. Il ne m'avait pas vue. Bientôt je me rendis compte, en écoutant sa respiration, qu'il dormait à poings fermés.

Reculerais-je? Avancerais-je? Les voix venaient de la pièce où l'on m'avait conduite à mon arrivée; l'une d'elles était celle de mon ami hollandais; l'autre me semblait vaguement familière.

Je décidai que mon devoir était d'essayer d'écouter. Je risquerais d'éveiller le Kafir, mais il le fallait. Je me glissai devant lui sur la pointe des pieds, m'agenouillai devant la porte et appliquai au trou de la serrure l'œil au lieu de l'oreille. L'un des interlocuteurs était bien mon Hollandais. L'autre me tournait le dos. Mais je reconnus ce dos noir et décoratif, avant même de voir le visage.

Mr. Chichester!

— Tout de même, il y a du danger. Et si ses amis venaient la chercher?

— Du bluff, répondit Chichester. Il avait laissé tomber sa voix suave de missionnaire. Du bluff! Ils ne peuvent savoir où elle est. Quoi qu'il en soit, c'est l'ordre du colonel. Vous n'allez pas lui désobéir?

— Mais pourquoi ne pas l'assommer tout simplement? grogna le Hollandais. Ce serait bien plus commode. Le bateau est là. On pourrait l'emmener en mer.

— C'est ce que je ferais, répondit Chichester. Elle en sait plus long, ça ne fait pas de doute. Mais le colonel a un renseignement quelconque à tirer d'elle.

— Les diamants! pensai-je.

Ensuite, leur conversation me devint incompréhensible. Des noms, des dates, des calculs. Finalement, Chichester déclara:

— Bon, je montrerai tout ça au colonel.

— Quand partez-vous?

— Demain à dix heures du matin.

— Voulez-vous la voir avant de partir?

— Non. Personne ne doit la voir avant l'arrivée du colonel. Qu'est-ce qu'elle fait?

— Tout à l'heure, elle semblait dormir. Faut-il lui donner à manger?

— Un peu de jeûne ne lui fera pas de mal. Elle répondra mieux au colonel si elle a faim. Jusqu'à ce qu'il vienne, laissons-la comme elle est. Est-elle bien garrottée?

— Je te crois!

Ils rirent tous les deux. Moi aussi — en retenant ma respiration. Puis, à la hâte, je battis en retraite. Il n'était que temps. A peine étais-je montée que j'entendis la porte s'ouvrir, et le Kafir remuer et se lever. Je me retirai dans ma mansarde et me recouchai en rassemblant mes liens autour de moi, au cas où ils voudraient jeter un coup d'œil.

Mais il n'en fut rien. Une heure après, je ressortis avec les mêmes précautions. Le Kafir veillait et sifflotait doucement. Comment ferais-je pour m'échapper de la maison?

Je dus attendre jusqu'au matin. J'entendis les hommes déjeuner en bas. Mes nerfs se crispaient. Comment diable sortirais-je?

Je me prêchai la patience. Un mouvement trop

brusque me perdrait. Après le déjeuner, j'entendis partir Chichester. A ma joie, le Hollandais sortit avec lui.

J'attendis, haletante. En bas, les Kafirs desservaient la table. Des bruits divers parvenaient à mes oreilles. Puis tout retomba dans le silence. Une fois de plus, je quittai ma prison. Doucement, je me glissai dans l'escalier. Le hall était vide. En un clin d'œil, je le traversai et me trouvai dehors. Je courus comme une enragée.

Une fois dans les rues, je repris mon pas normal. On me regardait curieusement. J'étais toute couverte de poussière — je m'étais si longtemps roulée sur le sol! Enfin j'arrivai à un garage. J'entrai.

— J'ai eu un accident, expliquai-je. Conduisez-moi immédiatement au Cap. Il faut que je prenne le bateau pour Durban.

Je voulais savoir si Chichester partait pour Durban. Il ne saurait pas que je l'avais vu à Muizenberg. Il tâcherait de me prendre une fois de plus, mais j'étais avertie. Il était l'homme que je poursuivais, l'homme qui cherchait les diamants pour le mystérieux « colonel ».

Hélas! Comme le taxi arrivait au port, le *Kilmorden-Castle* voguait déjà en pleine mer. Comment saurais-je si Chichester avait pris le paquebot?

CHAPITRE XX

Arrivée à l'hôtel, je courus chez Suzanne. Elle se jeta littéralement à mon cou.

— Anne, ma chérie, où étiez-vous? J'étais mortellement inquiète. Qu'avez-vous fait?

— L'épisode III des *Aventures de Paméla*, répliquai-je.

Je lui racontai tout. Elle poussa un profond soupir.

— Pourquoi ces choses-là ne m'arrivent-elles jamais? dit-elle, plaintive. Pourquoi ne me bâillonne-t-on pas dans une mansarde, pieds et poings liés?

Une petite heure comme celle que j'avais passée, étouffant sous un bâillon, aurait vite fait de la désillusionner sur le charme des aventures. Suzanne adore les frissons, mais elle aime encore plus le confort.

— Qu'allez-vous faire maintenant? me demanda-t-elle.

— Je ne sais pas, dis-je. Vous irez en Rhodésie pour surveiller Pagett, et moi...

— Et vous?

Précisément, c'était là le hic! Chichester était-il

parti pour Durban? En tout cas, je pouvais y aller par le chemin de fer.

Dans le hall, où nous descendîmes pour déjeuner, on m'informa que le train de Durban partait à 8 h 15 du soir.

— Croyez-vous que vous reconnaîtrez Chichester sous n'importe quel déguisement?

Je secouai tristement la tête.

— Je ne l'aurais pas reconnu en femme de chambre sans votre dessin...

— Je suis sûre que cet homme est un acteur professionnel. Il se déguise merveilleusement. A Durban, il peut descendre du paquebot dans la tenue d'un matelot, et vous ne vous douterez même pas que c'est lui.

— C'est gai.

En ce moment, le colonel Race entra.

— Que fait sir Eustace? demanda Suzanne; je ne l'ai pas vu de la journée.

— Sir Eustace a des ennuis. Mais il ne faut pas le dire.

— Dites, colonel, dites!

— Eh bien, que diriez-vous si vous appreniez que le fameux homme au complet marron a fait le voyage avec nous?

Je sentis tout mon sang se glacer dans mes veines. Heureusement, le colonel ne me regardait pas.

— C'est un fait. Il avait embobiné Pedler qui l'avait pris comme secrétaire.

— Pagett? Pas possible?

— Non, pas Pagett. L'autre, Rayburn.

— L'a-t-on arrêté? demanda Suzanne en me serrant la main sous la table.

— Non, il a disparu.

— Que dit sir Eustace?

— Il considère cette affaire comme une injure personnelle du sort.

Nous eûmes l'occasion d'entendre l'opinion de sir Eustace lui-même, dans l'après-midi. Il nous envoya un petit mot par le groom pour nous prier de prendre une tasse de thé avec lui. Le pauvre homme était dans un état pitoyable. Il nous conta ses ennuis, et Suzanne l'écouta comme elle seule sait le faire.

— Premièrement, une femme étrangère a l'impertinence de se faire assassiner dans ma maison, dans le but spécial de m'embêter! Pourquoi dans ma maison, je vous le demande? Pourquoi parmi toutes les maisons de la Grande-Bretagne, choisir la villa du Moulin? Qu'est-ce que je lui ai fait, à cette femme, pour qu'elle aille se faire assassiner chez moi?

Suzanne émit un petit soupir de condoléances et sir Eustace continua, d'un ton encore plus offensé:

— Mais non, cela ne leur suffit pas! Le type qui l'a assassinée a l'impudence de se faire engager par moi comme secrétaire. Hein! comme secrétaire! Qu'est-ce que vous en dites? J'en ai soupé des secrétaires! Ce sont ou des assassins déguisés ou des ivrognes. Vous avez vu l'œil poché de Pagett? Je ne peux pas me balader avec un secrétaire à mes trousses! Assez de secrétaires pour moi — à moins que ce soit une femme! Une petite femme charmante, avec de beaux yeux fluides, qui me tiendra par la main si j'ai des ennuis. Qu'est-ce que vous en dites, miss Anne? Voulez-vous vous charger de ces fonctions?

— Combien de fois par jour faudra-t-il vous tenir par la main? demandai-je en riant.

— Toute la journée, répliqua galamment sir Eustace.

— A ce moment-là, je ne taperai pas beaucoup à la machine.

— Ça n'a pas d'importance. C'est Pagett qui me fait travailler. Je me réjouis de le plaquer pour une fois et de m'en aller seul.

— Pagett ne vous accompagne pas?

— Mais non, il reste au Cap. Il aidera la police à traquer Rayburn. C'est une besogne qui lui convient parfaitement. Vous le voyez, mon offre est très sérieuse. Venez-vous? Mrs. Blair vous servira de chaperon, et je vous donnerai de temps en temps une demi-journée pour déterrer de vieux os.

— Grand merci, sir Eustace, mais je pars ce soir pour Durban.

— Ne soyez pas entêtée. Accompagnez-moi en Rhodésie.

— Non, sir Eustace, je vous remercie, mais il faut que j'aille à Durban.

Sir Eustace soupira, puis, ouvrant la porte de la pièce voisine, appela Pagett, qui tressaillit légèrement en m'apercevant.

— Si vous avez fini votre petit somme, mon vieux, vous pourriez travailler un peu, pour changer.

— J'ai tapé ce mémorandum tout l'après-midi, sir Eustace.

— Arrêtez alors! Allez au Bureau de commerce, ou

à la Chambre d'agriculture, où vous voudrez, et trouvez-moi une femme quelconque pour m'accompagner en Rhodésie. Elle doit avoir de beaux yeux fluides et me tenir par la main.

— Bien, sir Eustace. Je demanderai une bonne sténodactylo.

— Maudit Pagett, dit sir Eustace après le départ de son secrétaire. Je parie qu'il m'amènera la bonne femme la plus laide qu'il pourra trouver. J'ai oublié de lui dire que j'exigeais de jolies jambes.

J'entraînai Suzanne dans sa chambre.

— Suzanne, vous avez entendu? Pagett reste ici. Vous ne pouvez vous dédire au dernier moment sans provoquer des soupçons; d'ailleurs, sir Eustace peut le rappeler n'importe quand, et alors vous serez là pour le surveiller, d'autant plus que nous ne devons pas perdre de vue les deux autres.

— Voyons, Anne, vous ne pouvez soupçonner le colonel Race ou sir Eustace?

— Je soupçonne tout le monde, dis-je d'un air sombre, et si vous avez lu des romans policiers, vous devez savoir, Suzanne, que c'est toujours le personnage le plus insoupçonnable qui se trouve être le criminel. Il y a des tas de criminels gros, gras et gais comme sir Eustace.

— Le colonel Race n'est ni gros, ni gai, lui!

— Quelquefois ils sont grands et taciturnes. Je ne vous dis pas que je les soupçonne sérieusement l'un ou l'autre, mais, après tout, la femme a été assassinée dans la villa de sir Eustace.

— Bon, bon, ne rabâchez pas tout ça! Je le surveillerai de tous mes yeux, Anne, et s'il engraisse et devient plus gai, je vous enverrai une dépêche:

« Sir E. engraisse. Très suspect, venez immédiatement. » Mon Dieu, si mon pauvre mari savait que je cours l'Afrique sur la trace de criminels dangereux, il aurait une attaque d'apoplexie!

— En tout cas, il est clair que je dois rester ici pour surveiller Pagett. Je ferai mine de partir pour Durban ce soir, je prendrai mes bagages, mais en réalité je descendrai dans quelque petit hôtel en ville. Je me déguiserai un peu — une perruque blonde, une voilette blanche, épaisse — et une fois qu'il me croira partie, j'aurai plus de chances de voir clair dans son jeu.

Le soir, après dîner, je pris congé de sir Eustace. Il soupira:

— Alors, vous ne m'emmenez pas?

— Je voudrais bien!

— Chère petite fille! Mais il doit y avoir à Durban quelque blanc-bec qui vous attend, et que vous préférez aux charmes d'un homme mûr. Allons, bon voyage! A propos, Pagett va prendre l'auto pour faire une commission. Il peut vous emmener à la gare.

— Oh! non, merci, dis-je vivement. Nous avons commandé un taxi.

Pagett m'accompagnant à la gare, ce serait trop fort!

Sir Eustace me regarda attentivement.

— Je crois bien que vous n'êtes pas tendre pour Pagett! Je ne saurais vous blâmer. Cet âne bâté me cause tous les ennuis possibles.

— Que vous a-t-il encore fait?

— Il m'a trouvé une secrétaire! Quarante ans au moins, des lunettes, des souliers à bouts carrés, et un petit air capable et énergique qui me donne la nausée!

— Elle vous tiendra par la main?

— Pour l'amour de Dieu, non! Pour le coup, ce serait trop! Allons, au revoir, beaux yeux fluides. Si j'abats un lion en Rhodésie, je ne vous donnerai pas la peau, maintenant que vous m'avez plaqué!

Il me serra cordialement la main et partit. Suzanne m'attendait dans le hall pour m'accompagner à la gare.

— Un taxi, dis-je au groom, mais une voix derrière moi me fit tressaillir.

— Pardon, miss Beddingfeld, mais j'ai justement l'auto. Je vous accompagnerai à la gare.

— Merci, dis-je, Mr. Pagett, mais je ne veux pas vous déranger, et...

— Cela ne me dérange pas du tout, je vous assure. Garçon, portez les bagages dans l'auto — c'est ça!

Rien à faire. Il fallut le suivre. J'espérais au moins qu'il nous quitterait devant la gare. Mais il tint à nous accompagner.

— Je vous mettrai dans le train. Il part dans un quart d'heure.

Je n'osais pas regarder Suzanne. Il me soupçonnait, c'était évident. Il voulait être sûr de mon départ. Que pouvais-je faire? Rien. Dans trois minutes, le train partirait. Mais Pagett avait compté sans Suzanne.

— Vous aurez chaud en route, Anne, fit-elle soudain. Il fait une chaleur accablante. Avez-vous de l'eau de Cologne, au moins?

C'était limpide.

— Mon Dieu, criai-je, j'ai oublié mon eau de Cologne sur ma table de toilette, à l'hôtel!

Suzanne, heureusement pour moi, avait l'habitude de commander. Elle se tourna, impérieuse, vers Pagett.

— Mr. Pagett! Vite! Vous avez juste le temps. Il y a un parfumeur en face de la gare. Il faut de l'eau de Cologne pour Anne.

Il hésita, mais l'air d'impératrice de Suzanne triompha de lui. Elle est une autocrate-née. Il obéit. Suzanne le suivit des yeux jusqu'à ce qu'il disparût.

— Vite, Anne, sortez de l'autre côté, s'il n'y est pas. Ne vous occupez pas de vos valises, vous télégraphierez demain. Pourvu que le train parte à temps.

Je regardai à l'autre bout de la gare. Personne! Précipitamment, je sortis et me cachai à l'ombre d'un kiosque. Je voyais Suzanne, postée devant une portière du wagon, bavardant apparemment avec moi. Un coup de sifflet, le train se mit en marche. Suzanne agita son mouchoir et se retourna.

— Trop tard, Mr. Pagett, dit-elle gaiement. Partie! Vous avez de l'eau de Cologne? Quel dommage de ne pas y avoir pensé plus tôt!

Ils sortirent ensemble. Guy Pagett était tout essoufflé, il avait dû courir comme un fou. Suzanne jouait son rôle à merveille.

— Quel dommage qu'Anne Beddingfeld n'aille pas en Rhodésie avec nous! Cette petite fille qui s'en va toute seule à Durban, je n'aime pas ça! Mais je crois qu'il y a là-bas quelqu'un qui l'attend.

Ils étaient partis. Chère Suzanne, elle m'avait sauvée!

J'attendis une minute ou deux et je sortis aussi. Ce faisant, je me heurtai contre un monsieur d'aspect rébarbatif au nez d'une longueur disproportionnée.

CHAPITRE XXI

Je ne rencontrai plus aucune difficulté dans l'accomplissement de mes projets. Je trouvai un petit hôtel dans une rue tranquille, louai une chambre et me couchai le plus paisiblement du monde.

Le lendemain matin, je me levai de bonne heure et partis en ville acheter une garde-robe modeste. Je comptais ne rien commencer avant le départ du train de onze heures pour la Rhodésie. Pagett ne se lancerait certainement dans aucune affaire louche avant de s'être débarrassé de son patron.

Tout dépend souvent des plus petites choses. Le lacet de mon soulier se détacha et je m'arrêtai pour le nouer. C'était au détour d'une rue; j'étais encore penchée vers le sol quand un homme surgit et faillit me bousculer. Il souleva son chapeau, murmura un mot d'excuse et passa. Son visage me sembla vaguement familier, mais je n'y fis pas extrêmement attention. Je regardai mon bracelet-montre. L'heure avançait. Il était temps de rentrer. Je vis un tramway sur le point de partir et je courus pour l'atteindre. Des pas résonnaient derrière moi. Je grimpai à temps dans le tram, et l'autre aussi. Je le reconnus immédiatement. C'était l'homme qui avait passé devant moi dans la rue au moment où je laçais mon soulier, et je compris en un clin d'œil pourquoi son visage m'avait paru familier. C'était le petit monsieur au grand nez contre lequel je m'étais heurtée la veille en sortant de la gare.

N'était-ce qu'une coïncidence? Ou cet homme me suivait-il vraiment? Je descendis du tramway et me dissimulai sous une voûte. Il descendit à la station suivante et revint dans ma direction.

C'était clair. J'étais suivie. J'avais triomphé trop tôt. Ma victoire sur Guy Pagett était éphémère. Tout cela était bien plus grave que je ne l'avais cru au début. Le meurtre dans la villa de Marlow n'était pas un incident isolé commis par un individu quelconque. C'était un des crimes d'une bande, dont je commençais grâce aux révélations faites à Suzanne par le colonel Race, et aux bribes de conversation saisies au vol à Muizenberg, à comprendre l'activité. Crimes systématiques, dirigés par l'homme que ses inférieurs appelaient « le colonel ». Je me rappelai certaines choses entendues à bord du *Kilmorden-Castle* sur la grève des ouvriers au Rand et sur ses causes: une organisation secrète, disait-on, fomentait la sédition. C'était l'œuvre du colonel. Il dirigeait, organisait, prescrivait, et ses émissaires abattaient la besogne. Mais qui sait? Peut-être était-il sur place lui-même, caché sous un masque, dans une situation inattaquable.

Quant au colonel Race, il était envoyé par le Service secret à la poursuite de l'archi-criminel. Oui, c'était bien cela. L'affaire me devenait claire. Mais moi? Mon rôle dans tout cela? S'ils s'obstinaient à m'écarter de leur chemin, c'est qu'ils me considéraient comme une menace. Ils croyaient que je savais quelque chose qui pourrait les perdre, et ce quelque chose avait trait aux diamants. Une seule personne aurait pu me renseigner complètement, Harry Rayburn. Il connaissait l'autre moitié de l'histoire. Mais il avait disparu dans les ténèbres, c'était un homme traqué, fuyant la justice. Il était probable que nous ne nous rencontrerions jamais plus...

Allons! Ce n'était pas le moment de s'abandonner aux rêveries sentimentales. Moi, qui m'étais enorgueillie de mon rôle d'espionne, j'étais devenue l'espionnée. Pour la première fois je commençais à perdre mon sang-froid. Une fois Harry Rayburn m'avait sauvée, une autre fois je m'étais sauvée moi-même, mais cette fois, les ennemis me cernaient de tous les côtés. J'étais seule, condamnée.

Je me ressaisis. Après tout, que pouvaient-ils faire? J'étais dans une ville civilisée, avec des gens de police à tous les carrefours. Je veillerais. Ils ne m'auraient pas.

Sans me retourner, j'entrai dans un café et commandai un porto pour me ragaillardir. Comme je m'y attendais l'homme entra et s'assit à une table voisine. Soudain, il se leva et sortit. Surprise par ce mouvement imprévu, je quittai ma place et me glissai vers la porte. L'homme causait avec Guy Pagett.

Si j'avais eu encore des doutes, cela aurait suffi à me convaincre. Pagett tira sa montre. Après quelques mots brefs échangés à voix basse, le secrétaire descendit dans la rue. Evidemment, il avait donné ses ordres. Mais quels étaient-ils?

Mon cœur, soudain, bondit dans ma poitrine. L'homme qui m'avait suivie traversa la rue et s'approcha d'un agent. Il lui donna de longues explications en faisant des gestes dans la direction du café. Je compris immédiatement. On allait m'arrêter pour une raison quelconque. Rien de plus simple pour cette bande que de m'accuser d'un vol imaginaire. A quoi bon protester de mon innocence? Harry Rayburn, autrefois, n'avait pu se disculper du vol des diamants — car j'étais certaine de son innocence. Je n'avais aucune chance de contrecarrer les projets diaboliques du « colonel ». Machinalement, je jetai un coup d'œil sur ma montre, et je compris pourquoi Pagett avait regardé la sienne. Il était onze heures moins cinq. A onze heures partait le train de Rhodésie, emportant les amis influents qui eussent pu venir à mon secours. C'est pourquoi jusqu'ici on m'avait laissée en paix. Mais le train partait, et la porte de la souricière se refermait sur moi.

J'appelai le garçon pour payer. Un instant, mon cœur s'arrêta de battre. A l'intérieur de mon sac, *il y avait un portefeuille d'homme bourré de billets de banque*. On avait dû adroitement l'y introduire au moment où je descendais du tramway.

Perdant la tête, je sortis précipitamment. Le petit bonhomme au grand nez, suivi de l'agent de police, m'aperçut. Le bonhomme poussa un cri et me désigna du doigt. Je pris mes jambes à mon cou et me sauvai. Des passants me regardaient. Je sentais que dans un instant tout serait perdu.

Une idée me passa par la tête comme un éclair.

— La gare? demandai-je, haletante.

— En bas et à droite.

Je me précipitai. Il est permis de courir pour attraper un train. Comme je m'engouffrais dans la gare, j'entendis des pas derrière moi. Ils allaient me rejoindre. Je levai les yeux vers l'horloge: onze heures moins une.

J'étais arrivée par l'entrée principale qui donne sur la rue. Je sortis en trombe par la sortie latérale. En face de moi se trouvait une issue par le bureau de poste, dont la sortie principale donnait également sur la rue.

Comme j'y comptais, mon persécuteur, au lieu de me suivre, traversa la rue pour me couper l'entrée ou pour avertir l'agent.

En un clin d'œil, je franchis de nouveau la chaussée et, rentrant dans la gare, m'élançai sur le quai. Je courais comme une folle. Il était onze heures. Le train venait de se mettre en marche. Un contrôleur essaya de m'arrêter, mais je le repoussai de toutes mes forces, sautai sur le marchepied et ouvris la portière. Sauvée! Le train accélérait.

Nous passâmes devant un homme posté au bout du quai. Je lui fis signe de la main:

— Au revoir, Mr. Pagett! criai-je.

Je n'ai jamais vu un homme plus hébété. On eût dit qu'il avait aperçu un fantôme.

Le contrôleur se précipita vers moi. Mais je le pris de haut.

— Je suis la secrétaire de sir Eustace Pedler, dis-je hautaine. Conduisez-moi dans son wagon privé!

Suzanne et le colonel Race bavardaient dans le couloir. Ils jetèrent une exclamation de surprise en m'apercevant.

— Comment, miss Anne? s'écria le colonel Race.

D'où venez-vous? Je vous croyais à Durban. Quelle femme originale vous faites!

— Je dois me présenter à mon chef, dis-je. Où est-il?

— Dans son bureau — compartiment du milieu — il dicte des lettres, à une vitesse folle, à miss Pettigrew.

— Tant d'enthousiasme pour le travail?

— Hum! M'est idée qu'il veut lui donner assez de besogne pour l'enchaîner à son propre compartiment pour le reste de la journée.

Je me mis à rire. Suivie par le colonel et Suzanne, je me rendis chez sir Eustace. Marchant de long en large dans l'espace restreint du compartiment, il jetait un torrent de paroles à la tête d'une grande femme hommasse horriblement fagotée, avec un lorgnon sur le nez et un petit air capable.

— Bonjour, monsieur, dis-je gentiment.

Sir Eustace s'arrêta au milieu d'une phrase compliquée sur le parti travailliste et me regarda bouche bée. Miss Pettigrew, qui devait avoir des nerfs trop sensibles, sursauta comme à un coup de fouet.

— Ventre-saint-Gris! proféra sir Eustace. Et le jeune homme de Durban, alors?

— C'est vous que je préfère, dis-je d'une voix sucrée.

— Chère petite fille! Vous pouvez commencer votre travail sur-le-champ. Prenez-moi par la main.

Miss Pettigrew toussa et sir Eustace retira précipitamment sa main.

— Ah! oui, dit-il. Où en étais-je? Le leader travailliste, dans son discours du... Qu'est-ce qu'il y a, miss Pettigrew? Pourquoi n'écrivez-vous pas?

— Je crois, dit doucement le colonel Race, que miss Pettigrew a cassé son crayon.

Il le lui prit et se mit à le tailler. Sir Eustace le fixa curieusement, et moi de même. Il y avait dans le ton du colonel Race quelque chose que je n'arrivais pas à saisir.

CHAPITRE XXII

EXTRAIT DU JOURNAL DE SIR EUSTACE PEDLER

Je crois que j'ai l'intention d'abandonner mes *Mémoires*. Au lieu de cela, j'écrirai un article intitulé: *Mes secrétaires*. En ce qui concerne cette catégorie d'individus, je commence à penser que je suis sous le coup d'une malédiction. A certains moments, je n'ai pas de secrétaires, à d'autres, j'en ai trop. A l'heure qu'il est, je roule vers la Rhodésie avec un tas de femmes. Race, naturellement, se charge de celles qui sont jolies, et me laisse avec celle qui est laide. C'est ce qui m'arrive toujours — et pourtant, c'est mon wagon privé, le mien et non celui de Race.

Anne Beddingfeld, elle aussi, m'accompagne en Rhodésie, sous prétexte d'être ma secrétaire provisoire. Cependant, tout l'après-midi, elle est restée sur la plate-forme avec Race pour admirer le paysage. Il est vrai que je lui ai dit que sa besogne principale consisterait à me tenir par la main. Mais elle ne le fait même pas. Peut-être a-t-elle peur de miss Pettigrew? J'aurais mauvaise grâce à le lui reprocher. A moi aussi, elle fait peur — c'est une femme de proportions imposantes, avec des pieds d'une longueur respectable. On dirait un homme.

Anne Beddingfeld est extrêmement mystérieuse. Elle s'est embarquée dans le train au dernier moment, essoufflée comme si elle avait couru pour un match, et pourtant Pagett m'avait dit qu'il l'avait mise la veille dans le train de Durban. Ou bien Pagett s'est saoulé de nouveau, ou bien cette jeune fille a un corps astral.

Et dire qu'elle ne m'a donné aucune explication! Personne ne m'explique jamais rien. Mais revenons à nos moutons, ou plutôt à nos secrétaires: n° 1, un assassin fuyant la justice; n° 2, un sac à vin qui a des intrigues secrètes en Italie; n° 3, une charmante jeune femme qui possède la faculté utile de se trouver en deux endroits en même temps; n° 4, miss Pettigrew, qui est, je n'en doute pas, un criminel camouflé. Probablement un des amis italiens de Pagett qu'il m'a mis sur le dos. On découvrirait un jour que Pagett m'a indignement trompé, que ça ne m'étonnerait pas autrement. En somme, le meilleur était encore Rayburn. Il ne m'a jamais embêté.

Je viens de sortir sur la plate-forme, m'attendant à un accueil aimable de la part des femmes. Mais elles étaient en train d'écouter pieusement un des récits de voyage de Race. Au lieu de ma carte de visite, je ferai afficher sur ce wagon: Colonel Race et son harem.

— Est-ce que c'est le meilleur train pour la Rhodésie? demanda Anne Beddingfeld.

— Le meilleur train de la journée? répéta Race en souriant. Mais, chère mademoiselle, il n'y a que trois trains par semaine. Vous rendez-vous compte que nous n'arriverons aux chutes d'eau que samedi prochain?

— Nous aurons le temps de bien nous connaître, soupira malicieusement Mrs. Blair. Combien de temps resterez-vous aux chutes d'eau, sir Eustace?

— Cela dépend, répondis-je prudemment.

— De quoi?

— Des événements de Johannesburg. Il faut que j'étudie la situation sur place, car vous savez qu'au Parlement je me pose en expert dans le domaine de la politique sud-africaine. Mais il paraît que Johannesburg est en proie au désordre. Je n'ai pas le moindre désir d'étudier la situation au milieu d'une révolte populaire.

— Vos craintes sont exagérées, sir Eustace, répliqua Race d'un petit ton supérieur. Il n'y a pas de danger à Johannesburg.

Les femmes le regardèrent de cet air qui signifie: « Quel héros vous faites! »

Race a le don de me porter superlativement sur les nerfs. Je suis aussi courageux que lui, mais il me manque l'allure. Ils ont tout pour eux, ces hommes grands, minces et bronzés.

— Je pense que vous y viendrez, dis-je froidement.

— C'est possible. Nous pourrions y aller ensemble.

Pourquoi a-t-il une telle envie de m'expédier à Johannesburg? J'ai idée qu'il a jeté son dévolu sur la petite Beddingfeld.

— Et vos projets, à vous, miss Anne?

— Cela dépend, répondit-elle d'un ton circonspect, copié sur le mien.

— Je croyais que vous étiez ma secrétaire.

— Oh! vous ne voulez pas de moi. Vous avez tenu la main de miss Pettigrew tout l'après-midi.

— Quel qu'ait pu être mon emploi du temps, affirmai-je, je vous jure que je n'ai pas fait cela!

Jeudi soir.

Nous venons de quitter Kimberley. A la gare, Anne Beddingfeld a expédié en Angleterre une dépêche gigantesque. Enfin, elle a levé le voile du mystère! Il paraît qu'elle est reporter d'un journal. Elle a suivi, dit-elle, la trace de « l'homme au complet marron ». Je ne crois pas qu'elle ait eu l'occasion de le voir à bord du *Kilmorden-Castle,* mais ça ne l'empêche pas maintenant de télégraphier: *Comment j'ai voyagé avec l'assassin* et d'inventer des histoires imaginaires sur *Ce qu'il m'a dit,* etc. Bien entendu, l'un des rédacteurs y mettra du sien, de sorte que quand le reportage paraîtra dans le *Budget quotidien,* Rayburn ne se reconnaîtra pas.

Mais il faut être juste. La petite est fine. Elle a réussi à établir l'identité de la femme assassinée dans ma maison. C'est une danseuse russe nommée Nadine. J'ai demandé à Anne Beddingfeld si elle en était sûre. Elle m'a répondu, selon la meilleure tradition de Sherlock Holmes, que ce n'était qu'une déduction. Mais elle l'a annoncé à lord Nasby comme un fait. Les femmes ont de ces intuitions — je ne doute pas qu'Anne Beddingfeld ait raison — mais c'est absurde de nommer cela une déduction!

Comment a-t-elle réussi à se faire une situation

au *Budget quotidien*? Ça me dépasse! Mais elle est de ces femmes à qui tout réussit. Elle vous a des petites façons câlines qui masquent une énergie invincible. Il n'y a qu'à voir comment elle s'est introduite dans mon wagon.

Je commence à me douter de la raison. Race a dit que la police cherchait Rayburn en Rhodésie. Anne Beddingfeld se lance sur ses traces. Elle convoite la gloire de le découvrir pour elle-même et pour le *Budget quotidien*. Les jeunes femmes, de nos jours, ont beaucoup de sang-froid. Je lui ai fait remarquer que ce n'était pas là une façon d'agir bien féminine. Elle n'a fait qu'en rire. Elle m'a assuré que si elle lui mettait la main au collet, sa fortune était faite. Peut-être était-il dans ce train. Dans ce cas, nous risquons d'être tous assassinés dans nos lits. Je l'ai dit à Mrs. Blair. Elle m'a répondu gaiement que si on m'assassinait, ça ferait un reportage épatant pour Anne! Merci!

Demain nous passerons par le désert. La poussière sera atroce. A toutes les stations, des petits Kafirs vendent des animaux bizarres en bois sculpté qu'ils fabriquent eux-mêmes. Je crains un peu que Mrs. Blair ne se laisse séduire par le charme primitif de ces jouets.

Vendredi soir.

C'est bien ce que je craignais. Mrs. Blair et Anne ont acheté quarante-neuf animaux en bois sculpté!

CHAPITRE XXIII

ANNE REPREND SON RÉCIT

Nous faisons un voyage admirable. Je me passionne tantôt pour le paysage majestueux, tantôt pour la grandeur du désert, tantôt pour les adorables joujoux que vendent les indigènes. Suzanne a acheté toute une collection d'animaux en bois sculpté à trois sous chacun — des girafes, des tigres, des serpents, des autruches à la mine mélancolique. Nous nous sommes amusées comme des folles.

On s'imagine la stupeur de Suzanne quand elle me vit grimper dans le train au Cap. Nous avons bavardé la moitié de la nuit.

— Je me suis rendu compte que la défensive était aussi nécessaire que l'offensive. En voyageant avec sir Eustace et le colonel Race, je me sens en sécurité; mes ennemis n'oseront pas m'attaquer tant que je serai sous leur protection. Au surplus, tant que je demeurerai auprès de sir Eustace, je resterai en contact indirect avec Guy Pagett, et Guy Pagett est le cœur du mystère. J'ai demandé à Suzanne si elle estimait possible que Pagett lui-même fût le mystérieux « colonel ». J'ai remarqué que sir Eustace, en dépit de ses façons despotiques, est en réalité fortement influencé par son secrétaire. C'est un homme facile, dont un secrétaire adroit peut faire ce qu'il veut. Cette situation relativement obscure peut fort bien servir les desseins de Pagett, puisqu'il n'a aucune raison de souhaiter le grand jour.

Suzanne ne partage pas mon opinion. Elle se refuse à croire que Pagett soit le grand patron. Il est vrai qu'il semble privé de l'audace et de l'assurance qu'on attend d'un criminel endurci, mais après tout, le mystérieux colonel ne fait que diriger l'activité de la bande, et le génie créateur s'allie souvent à un physique faible et chétif.

— Fille de professeur, va! s'exclama Suzanne. Et pourtant, si la complicité de Pagett n'était qu'un mythe? S'il était un brave et honnête garçon?

Je secouai la tête.

— Puisque c'est lui qui a essayé de me jeter par-dessus bord, sur le *Kilmorden-Castle*! Pourquoi tenez-vous à l'innocenter?

— A cause de sa physionomie.

— Sa physionomie? Mais...

— Oui, je sais ce que vous allez dire. Il a une physionomie de bandit. C'est justement ça. Un homme qui a un visage pareil ne saurait être un bandit. C'est sûrement une ironie de la Nature.

L'argument de Suzanne ne me convainquit pas. J'en sais quelque chose, de la Nature, du moins aux époques révolues, et si elle a de l'humour, elle fait tout pour le cacher. Suzanne est de celles qui attribuent aux autres leurs propres qualités.

Nous passâmes à nos projets immédiats. Je me rendais compte que je devais me créer une situation quelconque. Je ne pouvais pas continuer à me draper dans le mystère. J'avais en main le moyen de résoudre ce problème. Le *Budget quotidien*. Mon silence n'avait plus aucun prix pour Harry Rayburn. Ce n'était pas ma faute si on l'avait identifié à l'*homme au complet marron*. Je ne l'aiderais que mieux en semblant le combattre. Le « colonel » et sa bande ne devaient pas soupçonner qu'il y eut quelque chose entre moi et l'homme qu'ils avaient choisi comme bouc émissaire de l'assassinat de Marlow. A ce que je savais, la femme assassinée n'était pas encore reconnue. Je télégraphierais à lord Nasby qu'elle était la célèbre danseuse russe Nadine, qui avait fait fureur à Paris pendant tant d'années. Il me semblait incroyable qu'on ne l'eût pas su plus tôt. Je ne compris que plus tard pourquoi. Elle n'était jamais allée en Angleterre. Londres ne la connaissait pas. Les photos prises à Marlow étaient si vagues que même ses intimes s'y seraient trompés. D'autre part, elle avait tenu secret son voyage en Angleterre. Le lendemain de l'assassinat, le « manager » avait reçu de la danseuse une lettre annonçant que des affaires graves la rappelaient en Russie et qu'il eût à payer son dédit.

Bien entendu, je n'appris tout cela que plus tard. A la première station de chemin de fer, j'envoyai une longue dépêche à lord Nasby. Je tombai au moment psychologique. Le journal était en quête de nouvelles sensations. On vérifia ma supposition qui se trouva être exacte et le *Budget quotidien* connut son reportage le plus sensationnel. *La victime de la villa de Marlow est identifiée par notre correspondant spécial. Notre reporter fait le voyage avec l'homme au complet marron. La vraie tête de l'assassin*, etc.

Bien entendu, les faits principaux furent reproduits dans les journaux sud-africains, mais je n'eus l'occasion de lire mes propres articles que beaucoup plus tard. Je reçus par dépêche les félicitations de lord Nasby. Désormais, je faisais officiellement partie du *Budget quotidien*. J'étais chargée de traquer l'assassin et moi seule savais que le meurtrier n'était pas Harry Rayburn. Mais il valait mieux que les autres fussent persuadés du contraire, du moins pour le moment.

CHAPITRE XXIV

Nous arrivâmes à Bulawayo samedi matin. Il faisait une chaleur épouvantable. Sir Eustace était d'une humeur affreuse. Je crois que c'étaient nos animaux de bois qui l'énervaient. Particulièrement la grande girafe. Une girafe colossale avec un cou impossible, des yeux mélancoliques et une queue humble et soumise. Elle avait de la race. Elle avait du charme. Suzanne et moi, nous nous disputions déjà pour savoir à qui elle appartiendrait. Mais il fallait bien avouer que nos quarante-neuf animaux prenaient un peu trop de place. Un porteur laissa tomber une adorable autruche qui se cassa le cou. Désolées, Suzanne et moi nous nous chargeâmes nous-mêmes de nos animaux, avec l'aide du colonel Race. Je jetai la grande girafe dans les bras de sir Eustace et même la très correcte miss Pettigrew dut s'embarrasser d'un hippopotame. Je croyais sentir que miss Pettigrew ne m'aimait pas. Elle m'évitait le plus possible. Le plus drôle de l'affaire, c'est que son visage me paraissait vaguement familier.

L'après-midi, nous devions faire une excursion.

Sir Eustace était de si méchante humeur qu'il refusa. J'eus tout juste le temps de lui enlever notre chère girafe. Je sentais qu'il avait une envie folle de la flanquer par terre.

Miss Pettigrew déclara qu'elle resterait à la maison, pour le cas où sir Eustace aurait besoin d'elle. Au dernier moment, Suzanne déclara qu'elle avait la migraine. C'est ainsi que nous ne partîmes que deux, le colonel Race et moi.

C'est un homme étrange. Il est taciturne, mais son silence même force l'attention. Il a une personnalité puissante.

Notre auto traversait une région fantastique. J'évoquai les hommes de Néanderthal, que mon père aimait tant.

— L'Afrique, dis-je, me paraît un pays d'enfants géants.

— Vous êtes bien près de la vérité, répliqua le colonel Race. L'Afrique est grande, simple et primitive. Mais quand on y demeure longtemps, on devient cruel. On n'attache plus de prix à la vie et à la mort.

Notre auto stoppa. Nous fîmes en silence l'ascension de la montagne. Au bas d'un sentier rocailleux, presque abrupt, le colonel se tourna subitement vers moi, me souleva dans ses bras, me porta jusqu'au sommet et me déposa ensuite sur le sol. Un homme de fer, avec des muscles d'acier. J'avais peur de lui. Il me fixait de ses yeux impénétrables.

— Que faites-vous ici, Anne Beddingfeld? demanda-t-il brusquement.

— Je suis une bohémienne qui erre de par le monde.

— Oui, c'est vrai. Le reportage n'est qu'un prétexte. Vous n'avez pas l'âme d'une journaliste. Vous voulez vivre votre vie. Mais ce n'est pas tout.

Allait-il me faire avouer? Provocante, je levai les yeux.

— Et vous, colonel Race, que faites-vous ici?

— Je poursuis mes ambitions, Anne Beddingfeld. Rien que cela. Je veux vous enseigner à prendre la vie telle qu'elle est. A être dure comme moi. C'est le secret de la force et du succès.

Soudain, à ma stupéfaction intense, il me prit par la main.

— Anne, dit-il, je vous veux. Vous serez ma femme.

— Non, murmurai-je, je ne peux pas.

— Pourquoi?

— Je ne vous aime pas... de cette façon-là.

— Je comprends. C'est la seule raison?

Il fallait être loyale. Je le lui devais.

— Non, dis-je. Ce n'est pas tout. J'en aime un autre.

— Je comprends, dit-il encore une fois. En était-il ainsi lors de notre première rencontre à bord du *Kilmorden*?

— Non, chuchotai-je. C'est depuis.

— Je comprends, dit-il pour la troisième fois, avec une intonation qui me força à me retourner.

Son visage était rigide.

— Que voulez-vous dire? balbutiai-je.

Il me regarda, insondable, dominateur.

— Je ne veux dire qu'une chose: je sais ce que j'ai à faire.

Je frémis. Il y avait dans ses mots une détermination que je ne comprenais pas et qui me faisait peur.

Une fois rentrés à l'hôtel, le colonel Rcae fut si simple et si naturel que je crus avoir rêvé.

Notre train partit à neuf heures.

Je dormis mal, cette nuit, sur ma couchette dure. Je luttai contre des cauchemars vagues et menaçants. Je me réveillai avec une migraine et sortis sur la plate-forme. La matinée était fraîche et exquise et partout, de tous côtés, sans limites, sans fin, s'étendaient les collines onduleuses. J'aimais follement ce paysage. J'aurais voulu demeurer dans une hutte, quelque part, au cœur du désert, et rester là-bas toujours... toujours...

Dans la journée, le colonel Race m'appela pour me montrer un brouillard blanchâtre au-dessus des broussailles.

— Les chutes d'eau, dit-il.

J'étais encore abîmée dans mon rêve étrange du matin. Je me sentais arrivée dans ma patrie.

... Ma patrie! Et pourtant je n'étais jamais venue ici? Ou bien y étais-je venue en rêve?

Nous descendîmes du train et nous nous rendîmes dans un grand hôtel tout blanc. Il n'y avait pas de routes, pas de maisons. En face, à une demi-lieue environ, les chutes d'eau. Je jetai un cri. Je n'avais jamais vu — ni ne verrai jamais — rien d'aussi magnifique.

— Anne, vous êtes toquée, dit Suzanne en me regardant curieusement. Qu'est-ce que vous avez?

— J'aime... j'aime tout cela!

Oui, j'étais heureuse, mais j'avais la sensation

étrange d'attendre je ne sais quoi — qui viendrait bientôt. J'étais excitée, tendue.

Devant nous, sur un pont au-dessus d'un ravin, nous vîmes passer un indigène. Il avançait avec grâce et aisance, suivi d'une humble femme qui semblait porter sur sa tête tout son ménage, y compris une immense poêle.

Après le dîner, sir Eustace se retira dans sa chambre, entraînant avec lui miss Pettigrew. Nous causâmes quelque temps avec le colonel Race, puis Suzanne se leva et déclara en bâillant qu'elle irait se coucher. Comme je ne tenais pas à rester seule avec lui, je montai également chez moi.

Mais j'étais bien trop excitée pour pouvoir me coucher. Je ne me déshabillai même pas. Je m'étendis sur une chaise longue et me laissai aller à ma rêverie. Je sentais quelque chose s'approcher de moi...

On frappa à ma porte. Je tressaillis et me levai pour ouvrir. Un petit boy noir me tendit un billet dans une écriture inconnue.

Il faut que je vous voie. Je n'ose pas venir à l'hôtel. Je vous attends derrière le pont. Venez en mémoire de la cabine 17. L'homme que vous connaissez sous le nom d'Harry Rayburn.

Mon cœur battait à rompre. Il était là! Oh! je l'avais su — je l'avais su tout le temps! Je l'avais senti près de moi.

Je nouai une écharpe autour de ma tête et sortis. Je devais être prudente. Il était traqué. Personne ne devait nous voir. Je me glissai devant la chambre de Suzanne. Elle dormait. J'entendais son souffle régulier.

Sir Eustace? Je m'arrêtai devant sa porte. Oui, il était en train de dicter à miss Pettigrew, j'entendais sa voix monotone répéter: « En ce qui concerne le problème du travail parmi les indigènes... » Elle s'arrêta et je l'entendis jeter quelques mots d'une voix grincheuse...

Je me glissai plus loin. La chambre du colonel Race était vide. Je ne le voyais pas dans le hall. Et c'était lui que je craignais le plus. Tant pis! Je n'avais pas de temps à perdre. Je sortis furtivement de l'hôtel et me dirigeai vers le pont.

Là, j'attendis dans l'ombre. Si quelqu'un me suivait je le verrais passer le pont. Mais non. Personne. Je m'avançai. A peine avais-je fait quelques pas, que j'entendis un bruit léger derrière moi. Ce ne pouvait être quelqu'un qui m'avait suivie de là-bas. C'était un homme qui m'attendait là.

Tout à coup, sans rime ni raison, mais avec la sûreté de l'instinct, je me sentis menacée, avec la même intuition du danger que la nuit à bord du *Kilmorden*.

Je me retournai. Silence. Je fis un pas. De nouveau, ce bruit. Une seconde fois, je fis volte-face. L'homme vit qu'il était découvert et s'élança sur mes traces.

Il faisait trop noir pour le reconnaître. Je distinguai seulement qu'il était de grande taille et que c'était un Européen et non un indigène. Je pris mes jambes à mon cou et courus. Je l'entendis derrière moi. Je courus plus vite, les yeux fixés sur des pierres blanches qui m'indiquaient la route, car il n'y avait pas de lune, cette nuit-là.

Soudain, mon pied sentit le vide. J'entendis l'homme derrière moi éclater de rire, un rire sinistre. Les échos de ce rire retentissaient à mes oreilles, au moment où je tombai... tombai... tombai... dans le vide, dans le gouffre.

CHAPITRE XXV

Je revins à moi lentement et difficilement. Je ressentais un mal de tête affreux et une douleur lancinante dans le bras gauche, dès que j'essayais de faire un mouvement. Tout me semblait irréel et nébuleux. Des visions de cauchemar flottaient devant moi. Je me sentais tomber dans le gouffre. Une fois, à travers le brouillard, je crus apercevoir le visage de Harry Rayburn. Puis de nouveau, le vide, l'abîme, des rêves troubles où je cherchais en vain à avertir Harry Rayburn. Un danger le menaçait, lequel? Je n'en savais rien. Mais il n'y avait que moi, moi seule, qui puisse le sauver. Finalement je me replongeai dans les ténèbres, la nuit miséricordieuse m'enveloppa, et je m'endormis tout à fait.

Quand je me réveillai, je repris définitivement conscience. Le long cauchemar avait pris fin. Je me rappelais parfaitement tout ce qui s'était passé, mon rendez-vous avec Harry, ma fuite de l'hôtel, l'homme caché dans l'ombre et cette chute horrible...

Par quel miracle ne m'étais-je pas tuée? Je me sentais faible, dolente, meurtrie, mais vivante! Où étais-je? Tournant péniblement la tête, je jetai un coup d'œil sur la pièce où je me trouvais, toute petite, avec des cloisons en bois, tapissées de peaux de bêtes et de défenses d'ivoire. J'étais étendue sur une sorte de couchette, couverte, elle aussi de belles peaux de bêtes. Mon bras gauche était bandé et raide. D'abord je me crus seule, puis je distinguai, entre la lumière et moi, la silhouette d'un homme tourné vers la fenêtre. Il était immobile, rigide comme une statue. La tête aux cheveux noirs coupés ras me rappela je ne sais quoi, mais je n'osai pas lâcher la bride de mon imagination. Soudain il se retourna, et je crus m'évanouir. C'était Harry Rayburn en chair et en os.

Il se leva et s'approcha de moi.

— Ça va mieux? demanda-t-il un peu gauchement.

Je n'eus pas la force de répondre. Les larmes coulaient sur mon visage. J'étais encore faible, mais je tenais sa main dans mes mains. Si seulement je pouvais mourir ainsi, son visage penché sur le mien, sous le regard de ses yeux.

— Ne pleurez pas, Anne. Je vous en prie, ne pleurez pas. Vous êtes en sûreté ici. Personne ne vous fera de mal.

Il alla prendre une tasse et me la tendit.

— Buvez un peu de lait.

Je bus docilement. Sa voix avait le ton câlin et persuasif qu'on prend pour parler aux enfants.

— Ne me posez pas de questions. Rendormez-vous. Demain ça ira mieux. Je vais m'en aller si vous voulez.

— Non, dis-je. Non, non.

— Alors, je vais rester.

Il s'assit sur un tabouret à mon chevet et posa sa

main sur la mienne. Calmée, consolée, je me rendormis.

Quand je me réveillai, le soleil était déjà bien haut dans le ciel. J'étais seule dans la hutte, mais en m'entendant remuer, une vieille négresse entra. Elle était hideuse, mais semblait bonne. Elle m'apporta de l'eau dans une cuvette et m'aida à me laver, puis elle me donna un grand bol de soupe que je bus jusqu'à la dernière goutte. Je lui posai plusieurs questions, mais elle ne semblait pas comprendre l'anglais.

Soudain, elle se leva et salua respectueusement Harry Rayburn qui entrait. Il la congédia d'un geste et se tourna vers moi avec un sourire.

— Voilà que vous vous refaites, hein!

— Oui, mais je n'y comprends rien. Où suis-je?

— Sur une petite île du Zambèze à quatre kilomètres des chutes d'eau.

— Mes... mes amis savent-ils que je suis là?

Il secoua la tête.

— Je dois leur écrire.

— Comme vous voudrez, mais à votre place j'attendrais encore quelque temps, au moins jusqu'à ce que vous ayez repris des forces.

— Pourquoi?

Il ne répondit pas, et je poursuivis:

— Depuis combien de temps suis-je là?

Sa réponse me frappa d'étonnement.

— Près d'un mois.

— Oh! m'écriai-je. Pauvre Suzanne! Elle doit être terriblement inquiète.

— Qui est Suzanne?

— Mrs. Blair. J'étais à l'hôtel avec elle, sir Eustace et le colonel Race; vous le saviez, n'est-ce pas?

— Je ne sais rien, si ce n'est que je vous ai trouvée suspendue dans les branchages d'un arbre, au-dessus du ravin. Si votre robe ne s'était pas accrochée aux branches, c'en était fait de vous.

Je frissonnai. Puis un autre souvenir me revint.

— Vous dites que vous ne saviez pas où j'étais. Alors, comment avez-vous fait pour m'envoyer un mot?

— Quel mot?

— Le mot où vous me donniez rendez-vous derrière le pont.

— Je n'ai envoyé aucun mot.

Je me sentis rougir jusqu'à la racine des cheveux. Heureusement, il n'eut pas l'air de le remarquer.

— Mais comment, demandais-je le plus nonchalamment possible, comment vous êtes-vous trouvé là à un moment aussi opportun? En général, que faites-vous dans ce coin du monde?

— J'habite ici.

— Sur cette île?

— Oui, j'y suis venu après la guerre. Quelquefois, je promène dans ma barque des touristes qui descendent à l'hôtel, mais la vie ne me coûte presque rien, et la plupart du temps je fais ce qui me plaît.

— Vous vivez là tout seul?

— Je vous assure, répondit-il froidement, que je ne souhaite aucune société.

— Je regrette de vous avoir infligé la mienne, répliquai-je du tac au tac, mais je crois que vous ne m'avez pas demandé mon avis.

A ma surprise, il sourit, doucement railleur.

— Ma foi non! Je vous ai chargée sur mon dos comme un sac et je vous ai emportée dans ma barque. Comme un homme de l'âge de pierre!

— Mais pas pour la même raison, murmurai-je.

Cette fois, ce fut lui qui rougit. Son visage devint pourpre sous le hâle.

— Vous ne m'avez pas encore dit comment vous vous êtes trouvé à cet endroit? demandai-je précipitamment pour sauver la situation.

— Je ne pouvais pas dormir. J'étais troublé, excité, j'avais la sensation qu'il devait arriver quelque chose. Finalement, je pris la barque et je descendis près des Chutes d'eau. J'étais près du ravin quand je vous entendis crier.

— Pourquoi n'avez-vous pas appelé au secours à l'hôtel au lieu de m'emporter ici? demandai-je.

Il rougit de nouveau.

— Je sais que la liberté que j'ai prise doit vous paraître impardonnable — mais je crois que même maintenant vous ne vous rendez pas compte du danger qui vous menace. Vous croyez que j'aurais dû avertir vos amis? De beaux amis que vous avez là, qui vous laisseraient égorger par n'importe qui! Non, je me suis juré que je prendrais soin de vous moi-même mieux que d'autres n'auraient pu le faire. Dans cette île, il n'y a pas âme qui vive. J'ai fait venir la vieille Batani que j'ai jadis guérie de la fièvre et qui m'est dévouée comme un chien. Elle ne soufflera mot à personne. Je pourrais vous garder ici des mois et des mois, et personne n'en saurait rien.

Je pourrais vous garder ici des mois et des mois et personne n'en saurait rien! Comme il y a des phrases qu'on aime s'entendre dire!

— Vous avez bien fait, dis-je tranquillement. Et je n'écrirai à personne. Celui qui m'a envoyé ce mot doit savoir bien des choses. Ce n'était pas l'œuvre d'un étranger.

— Si vous vouliez m'obéir... dit-il.

— Je ne crois pas quand je le voudrais, répondis-je franchement. Mais dites quand même.

— Vous faites toujours ce qu'il vous plaît, miss Beddingfeld?

— Presque toujours, répondis-je prudemment. A tout autre j'aurais dit « toujours ».

— Je plains votre mari, dit-il soudain.

— Ne vous donnez pas cette peine! Je ne me marierai pas, à moins d'être follement amoureuse. Dans ce cas-là, naturellement, il n'y a rien qui plaise autant à une femme que faire ce qu'elle n'aime pas pour celui qu'elle aime. Plus elle est indépendante, plus ça lui plaît!

— Je ne suis pas de votre avis! Généralement, c'est la femme qui porte la culotte.

— C'est pourquoi il y a tant de mariages malheureux! C'est la faute des hommes. Ou bien ils cèdent aux femmes — et naturellement celles-ci les méprisent — ou bien ils sont épouvantablement égoïstes, n'en font qu'à leur tête et ne disent jamais « merci ». Un bon mari force sa femme à faire ce qu'il veut, mais après il la récompense de l'avoir fait. Les femmes aiment être maîtrisées, mais encore faut-il qu'on apprécie leurs sacrifices. D'autre part, les hommes ne comptent pas avec les femmes qui sont toujours gentilles avec eux. Quand je serai mariée, je serai un diable la plupart du temps, mais au moment où mon mari s'y attendra le moins, je lui montrerai tout à coup que je sais être un ange.

Harry riait franchement.

— Quelle vie de chien et de chat vous mènerez avec votre mari!

— Les amoureux se combattent toujours. Parce qu'ils ne se comprennent pas. Et lorsqu'ils en arrivent à se comprendre, ils ne s'aiment plus.

— Le contraire est-il vrai? Ceux qui se combattent sont-ils amoureux?

— Je... je ne sais pas, balbutiai-je.

Il se tourna vers la cheminée.

— Un peu de soupe?

— Merci, oui. J'ai si faim que je mangerais un hippopotame!

Il se mit à rire. Son visage changeait totalement quand il riait. Il devenait un gosse joyeux et insouciant.

En mangeant ma soupe, je lui rappelai qu'il ne m'avait pas donné le conseil promis.

— Ah! oui, voilà ce que je tenais à vous dire. Si j'étais vous, je resterais tranquillement ici jusqu'à la guérison complète. Vos ennemis vous croient morte. Ils ne seront même pas surpris de ne pas trouver votre corps. Il aurait pu être brisé en pièces et emporté par le torrent.

Je frissonnai.

— Une fois remise, vous pouvez aller tranquillement à Beira et prendre le paquebot pour l'Angleterre.

— Ce serait lâche, dis-je, dédaigneuse.

— Folle petite fille!

— Je ne suis pas une petite fille. Je suis une femme.

— Crénom! vous ne l'êtes que trop! gronda-t-il et il sortit brusquement.

Ma guérison fut rapide. Je vécus là une période étrange. Nous étions séparés du monde, seuls tous les deux comme Adam et Eve, mais il y avait une différence... Harry sortait beaucoup, mais nous passions de longues heures ensemble, étendus à l'ombre des palmiers, causant, discutant, nous querellant et nous réconciliant. Nous nous disputions tant que nous pouvions, mais la camaraderie entre nous devenait de plus en plus solide. La camaraderie... et autre chose.

Le temps approchait où je serais suffisamment remise pour le quitter. Je m'en rendais compte avec angoisse. Me laisserait-il partir ainsi? Sans un mot? Sans un signe? Il avait des heures de silence, longues et mornes, ou des accès d'humeur, au bout desquels il se levait et partait sans mot dire. Un soir, la crise éclata. Nous avions terminé notre repas frugal et nous étions assis devant la hutte. Le soleil se couchait.

Les épingles à cheveux n'existant pas dans l'île, force m'était de laisser mes cheveux flotter sur mes épaules. Ils m'enveloppaient d'un manteau noir jusqu'aux genoux. La tête dans mes mains, j'étais perdue dans mon rêve. Je le sentais me regarder.

— Vous avez l'air d'une sorcière, Anne, dit-il, et il y avait dans sa voix une vibration que jamais encore je n'avais perçue.

Il tendit la main et effleura mes cheveux. Je frémis. Soudain, il se leva avec un juron.

— Vous devez partir demain, vous m'entendez? cria-t-il. Je ne peux plus, je ne peux plus endurer ça. Je ne suis qu'un homme, après tout! vous devez partir, Anne. Il le faut. Vous devez comprendre vous-même que ça ne peut pas durer.

— Je comprends, dis-je lentement. Mais c'était beau, n'est-ce pas?

— Beau? Dites que c'était épouvantable!

— A ce point-là?

— Pourquoi me tourmentez-vous? Pourquoi vous moquez-vous de moi? Pourquoi riez-vous?

— Je ne ris pas, et je ne me moque pas. Si vous voulez que je m'en aille, je m'en irai. Mais si vous voulez que je reste, je resterai.

— Pas cela! cria-t-il violemment. Pas cela! Ne me tentez pas, Anne! Rendez-vous compte de ce que je suis. Un criminel traqué par la police. Ici, on me connaît sous le nom de Harry Parker, mais n'importe quel jour on découvrira le pot aux roses, et ce sera fini. Vous êtes si jeune, Anne, si jeune et si belle, de cette beauté qui rend les hommes fous. Vous avez tout devant vous, l'amour, la vie! Ma vie à moi est finie, gâchée, avec un goût amer de cendres.

— Si vous ne voulez pas de moi...

— Vous savez que je vous aime. Vous savez que je donnerai mon âme pour vous prendre dans mes bras et vous y garder, loin du monde, toujours, toujours. Vous me tentez, Anne! Vous, vous, avec vos longs cheveux de sorcière, avec vos yeux vert et or qui rient toujours, même quand votre bouche est grave! Mais je vous sauverai de vous-même et de moi. Vous partirez ce soir. Vous irez à Beira.

— Je n'irai pas à Beira.

— Je vous dis que vous irez! Même si je dois vous y porter moi-même. Pour qui me prenez-vous? Vous croyez que je vais rester ici à m'énerver, à craindre qu'ils ne vous reprennent? Les miracles ne peuvent pas se produire sans fin. Vous devez rentrer en Angleterre, Anne, et vous marier et être heureuse.

— Avec un homme respectable qui me donnera un foyer.

— Mieux vaut ça que le désastre.

— Et vous?

Son visage devint sinistre.

— J'ai ma besogne. Vous devinez laquelle. Je réhabiliterai mon nom ou je mourrai. Et je tordrai le cou au scélérat qui a fait de son mieux pour vous assassiner.

— Soyons juste. Il ne m'a pas jetée dans l'abîme.

— Il n'en avait pas besoin. Son projet était plus diabolique. Je suis allé là-bas le lendemain. Les traces m'ont montré qu'il avait pris des pierres blanches et les avait placées sur les grands arbustes audessus du ravin, pour que vous croyiez que vous étiez encore sur la route, quand vous alliez en réalité tomber dans le vide. Si jamais je le tiens, celui-là...

Il s'arrêta un instant et dit, d'un ton absolument différent:

— Nous n'avons jamais parlé de tout cela, n'est-ce pas? Mais le moment est venu. Je veux que vous connaissiez l'histoire tout entière, à partir du commencement.

— Si cela vous fait mal de parler du passé, ne me dites rien, murmurai-je.

— Je veux que vous sachiez. Je n'ai jamais pensé que je parlerais de cela à quelqu'un. C'est drôle, n'est-ce pas, les tours que joue le destin?

Il garda le silence pendant quelques instants. Le

soleil était descendu, et l'obscurité veloutée de la nuit africaine nous enveloppait doucement.

— Il y a une chose que je sais, dis-je doucement.

— Laquelle?

— Je sais que votre vrai nom est Harry Lucas.

Il parut hésiter un moment, sans me regarder, les yeux fixés sur un point quelconque dans le vague. Finalement, il hocha la tête, comme pour confirmer quelque décision intérieure et commença son histoire.

CHAPITRE XXVI

— Vous avez raison. Mon vrai nom est Harry Lucas. Mon père était un officier en retraite qui vint s'établir comme fermier en Rhodésie. Il mourut quand je faisais ma deuxième année d'études à Cambridge.

— L'aimiez-vous?

— Eh bien, oui, je l'aimais! Nous nous sommes séparés sur des paroles amères, nous avons eu bien des scènes à cause de mes dettes et de ma vie effrénée. Mais je l'aimais, le vieux! Je ne le comprends que maintenant, alors qu'il est trop tard. C'est à Cambridge que j'ai rencontré mon ami.

— Le jeune Eardsley?

— Oui, le jeune Eardsley. Son père, vous le savez, était une des personnalités les plus éminentes de l'Afrique du Sud. Nous nous liâmes étroitement. Nous avions en commun l'amour de notre patrie africaine et le goût des voyages. Après avoir terminé ses études à Cambridge, Eardsley eut une grosse querelle avec son père. Il avait payé ses dettes deux fois et refusait de le faire pour la troisième. Il était à bout de patience. Son fils n'avait qu'à travailler. Le résultat fut que nous organisâmes ensemble une expédition dans la jungle sud-africaine, à la recherche de mines de diamants. Cette vie dangereuse et aventureuse créa entre nous un lien que seule la mort pouvait rompre. Nos efforts, comme vous l'a dit le colonel Race, furent couronnés de succès. Nous trouvâmes un deuxième Kimberley au cœur de la jungle. Ce n'était pas la fortune qui nous transportait; Eardsley était habitué à jeter l'argent par les fenêtres et savait d'ailleurs qu'un jour il serait millionnaire. Quant à Lucas, il avait toujours été pauvre et il ne s'en souciait pas. C'était la joie de la découverte!

Il s'arrêta un instant:

— Cela ne vous ennuie pas que je vous raconte mon histoire de cette façon-là? Comme si ce n'était pas de moi qu'il s'agit. Quand j'évoque le passé avec ces deux gosses, j'oublie presque que l'un d'eux était Harry Rayburn.

— Racontez comme il vous plaira.

— Nous arrivâmes donc à Kimberley, fiers comme deux jeunes coqs. Nous avions apporté un choix superbe de diamants pour le soumettre aux experts. Et puis, à Kimberley, à l'hôtel, nous la rencontrâmes, elle...

Je me raidis un peu, et mes mains se serrèrent involontairement.

— Elle s'appelait Anita Grunberg. Une actrice. Jeune et très belle. Elle était née en Afrique du Sud, mais sa mère était hongroise. Il y avait du mystère en elle, et cela, bien entendu, doubla son attrait aux yeux de deux jeunes hommes revenus du fond des jungles. Nous lui avons rendu la tâche facile. Nous nous en éprîmes follement tous les deux — c'était la première ombre sur notre amitié — mais elle n'arriva pas à la faire faiblir. Chacun de nous était prêt à céder loyalement à l'autre. Elle s'en moquait, elle! Plus tard, je me demandai pourquoi elle ne s'était pas fait épouser par le jeune Eardsley, qui était ce qu'on appelle un beau parti. Mais le fait est qu'elle était secrètement mariée à un employé de De Beer. Elle témoigna du plus grand intérêt pour notre découverte, et nous lui montrâmes nos diamants. C'était Dalila en personne, cette femme-là!

Dès qu'on découvrit le vol chez De Beer, la police se saisit de nos diamants. D'abord nous ne fîmes qu'en rire — c'était par trop absurde. Mais quand on produisit les pierres au tribunal, on découvrit que c'étaient celles qui avaient été volées chez De Beer. Anita Grunberg avait disparu. Elle avait exécuté la substitution avec un art accompli et lorsque nous essayâmes d'affirmer que ces pierres-là n'avaient jamais été en notre possession, on nous rit au nez.

Sir Laurence Eardsley avait une influence énorme. Il réussit à faire retirer la plainte, mais l'affaire lui brisa le cœur. Il eut une entrevue terrible avec son fils. Il avait tout fait pour sauver l'honneur du nom, déclara-t-il, mais désormais, il n'avait plus de fils. Celui-ci, avec l'orgueil de la jeunesse, dédaigna de protester de son innocence. Il rejoignit son ami. Tous deux étaient ruinés, stigmatisés du nom de voleurs. Une semaine plus tard, la guerre était déclarée. Les deux amis s'engagèrent ensemble. Vous savez ce qui est arrivé. Le meilleur camarade qu'un homme ait jamais eu fut tué, en partie de sa propre faute, car il se jetait follement au-devant du danger. Il mourut avec cette tache sur son nom...

Je vous jure, Anne, c'est surtout à cause de lui que je nourrissais une telle haine contre cette femme. Il l'avait aimée plus profondément que moi. J'en avais été follement amoureux sur le moment, je crois même que par instants je lui faisais peur, mais son sentiment à lui était plus sobre et plus profond. Elle était devenue le centre de son univers, et sa trahison sapa en lui toute vitalité. Le coup le laissa paralysé.

Comme vous le savez, je fus porté sur la liste des disparus, présumés morts. Je ne pris pas la peine d'en dissuader qui que ce fût. Sous le nom de Parker, je vins sur cette île, que je connaissais depuis longtemps. Je n'avais même plus le désir de prouver mon innocence. A quoi bon? Mon ami était tué, j'étais mort à demi. Je vois maintenant, bien que je ne m'en sois pas rendu compte en ce temps-là, que cette inertie était en partie l'effet de la guerre.

» Mais un jour je fus tiré de ma torpeur. Une bande de touristes aborda à mon île, je les aidai à débarquer, et l'un des hommes, en m'apercevant, jeta une exclamation.

» C'était un petit homme barbu, qui me regardait comme si j'étais un fantôme. A l'hôtel, on m'apprit qu'il s'appelait Carton et qu'il était employé de De Beer. En un clin d'œil le passé me revint avec toute son amertune. J'abandonnai l'île et me rendis à Kimberley.

Revolver en main, je le forçai à avouer. C'était un lâche. Il confessa tout. Il avait pris part au complot. Anita Grunberg était sa femme. Il nous avait aperçus tous deux une fois que nous dînions avec elle à l'hôtel, et me rencontrant sur l'île, moi qu'il avait cru mort, il avait eu un choc violent. Il avait épousé Anita quand elle était toute jeune — plus tard elle l'avait quitté pour faire partie d'une bande secrète. C'est la première fois que j'entendis parler du « colonel ».

» Je sentais qu'il me cachait encore quelque chose. Je menaçai de l'abattre comme un chien et, fou de terreur, il avoua tout jusqu'au bout. Anita Grunberg n'avait pas confiance dans le « colonel ». En lui remettant les pierres qu'elle nous avait dérobées, elle en garda secrètement quelques-unes pour elle. Carton, qui était du métier, lui indiqua lesquelles il fallait dérober. Si elle les produisait, leur couleur et leur qualité rare les feraient identifier immédiatement, et De Beer reconnaîtrait qu'elles n'avaient jamais passé par ses mains. De cette façon, la substitution deviendrait évidente, mon nom serait réhabilité et les soupçons remonteraient au vrai coupable. Il paraît que, contrairement à son habitude, le « colonel » lui-même avait mis la main à la pâte. Donc, Anita avait prise sur lui. Carton m'assura que pour une somme convenable, Anita ou Nadine, comme elle se faisait appeler maintenant, trahirait son ancien patron et me rendrait les diamants. Il promit de lui télégraphier sur-le-champ.

» Le lendemain, je vins voir s'il avait reçu une réponse à sa dépêche. On me répondit qu'il était parti, mais reviendrait le lendemain. Pris de doute, je fis une enquête et appris qu'il s'était embarqué sur le *Kilmorden-Castle*. J'eus tout juste le temps d'atteindre Le Cap et de prendre le même paquebot.

» Ne jugeant pas utile de lui révéler ma présence,

je m'affublai d'une fausse barbe et d'une paire de lunettes, et je restai presque tout le temps enfermé dans ma cabine, sous prétexte de maladie.

» A Londres je n'eus pas de peine à suivre ses traces sans être remarqué. Il alla droit à l'hôtel et ne sortit que le lendemain. Je le suivis. Il se rendit dans une agence de location et demanda des renseignements sur des villas de banlieue.

» Accoudé au guichet voisin, je demandai des renseignements moi aussi. Soudain, Anita Grunberg — ou Nadine, comme vous voudrez — entra. Insolente, hautaine et presque aussi belle qu'autrefois. Dieu! que je la haïssais. Cette femme qui avait brisé ma vie et celle d'un homme qui valait mieux que moi. A cet instant, j'aurais pu lui tordre le cou, l'étrangler, la broyer... Je voyais rouge. Ce fut sa voix qui me ramena à la réalité, une voix claire et perçante, avec un accent étranger exagéré:

» — La villa du Moulin, à Marlow. La propriété de sir Eustace Pedler. Peut-être me conviendra-t-elle. En tout cas, j'irai visiter.

» L'homme lui donna un visa et elle sortit avec une démarche de reine. Elle n'avait pas paru reconnaître Carton, mais j'étais sûr que leur rencontre était préméditée. De ce que j'avais entendu, je tirai immédiatement une conclusion. Ne sachant pas que sir Eustace Pedler était à Cannes, je crus que toute cette affaire était un prétexte pour le rencontrer dans sa villa. Je savais qu'il avait été en Afrique du Sud au moment du vol, et comme je ne l'avais jamais vu, j'en déduisis immédiatement que c'était lui le mystérieux « colonel ».

» Je les suivis tous les deux et je vis Nadine entrer

dans le restaurant du Hyde-Park Hôtel. Craignant d'être reconnu par elle, je rejoignis Carton. J'espérais qu'en le prenant à l'improviste, je le forcerais à m'avouer la vérité. Je descendis derrière lui dans le métro. Il était tout seul au bout du quai. Il n'y avait là qu'une jeune femme quelconque, personne d'autre. Je décidai de l'aborder brusquement. Vous savez ce qui arriva. Terrifié à la vue d'un homme qu'il croyait en Afrique du Sud, il perdit la tête, recula et tomba sur la voie. Il avait toujours été un lâche. Sous prétexte d'être un médecin, je tâtai son corps et fouillai ses poches. Il y avait dedans un portefeuille avec quelques billets de banque, une ou deux lettres sans importance, un rouleau de pellicules que je dois avoir perdu quelque part, et un papier notant un rendez-vous pour le 22 janvier à bord du *Kilmorden-Castle*. J'étais dans une telle hâte de sortir du métro avant qu'on ne me retînt, que je perdis la feuille, mais heureusement je me rappelai les chiffres.

» Dans le lavabo du café le plus voisin, je me débarrassai de mon déguisement. Je ne voulais pas être arrêté comme pick-pocket d'un cadavre. Puis je retournai au Hyde-Park Hôtel. Nadine déjeunait encore. Je ne vous décrirai pas en détail comment je la suivis à Marlow. Elle entra dans la maison, et j'entrai à sa suite quelques instants plus tard, disant à la concierge que j'étais avec elle.

Il s'arrêta. Il y eut un lourd silence.

— Anne, vous me croirez, n'est-ce pas? Je jure devant Dieu que je dis la vérité. Je l'ai suivie dans la maison avec le désir de la tuer, et elle était morte! Je la trouvai dans cette chambre, au premier. Dieu!

C'était horrible. Morte, et je n'étais arrivé que trois minutes après elle et la maison semblait vide! Immédiatement je me rendis compte de la situation terrible où j'étais. D'un coup de maître, l'homme qu'on avait voulu faire chanter s'était débarrassé de sa persécutrice et avait trouvé un bouc émissaire à qui on attribuerait le crime. Une deuxième fois, j'allais être la victime du colonel.

» Je ne sais plus comment je réussis à sortir en gardant un air plus ou moins normal. Mais je savais que bientôt on découvrirait le crime et que mon signalement serait connu dans tout le pays.

» Pendant plusieurs jours, j'osai à peine sortir. Finalement, la chance me servit. Dans la rue, j'entendis l'entretien de deux hommes âgés, dont l'un était sir Eustacé Pedler. J'eus immédiatement l'idée de m'attacher à lui en qualité de secrétaire. Je n'étais plus si sûr que ce soit lui le colonel. Peut-être n'avait-on choisi sa villa que par hasard, pour quelque obscure raison que je ne saisissais pas.

— Savez-vous, interrompis-je, que Guy Pagett était à Marlow au moment du meurtre?

— Dans ce cas, tout est clair. Je le croyais à Cannes avec sir Eustace.

— Il était soi-disant à Florence, mais c'est un mensonge. Je ne peux prouver qu'il était à Marlow, mais j'en suis certaine.

— Dire que je n'ai jamais soupçonné Pagett jusqu'au soir où il a essayé de vous jeter par-dessus bord. Cet homme est un acteur de premier ordre.

— Quant à cela, oui.

— Voilà pourquoi on a choisi la villa du Moulin. Pagett pouvait probablement y pénétrer sans être vu.

Naturellement, il ne fit pas d'objections quand sir Eustace m'emmena sur le paquebot. Il ne voulait pas découvrir son jeu. Il est clair que Nadine n'apporta pas les diamants au rendez-vous. Je crois que c'est Carton qui les avait et qui les cacha quelque part sur le *Kilmorden-Castle*. C'était son rôle. Le « colonel » espérait que je connaissais la cachette. Jusqu'à ce qu'il récupérât les diamants, il était encore en danger, de là ses efforts frénétiques pour les avoir à n'importe quel prix. Où ce diable de Carton les a-t-il cachés, à supposer qu'il les ait cachés, cela, je n'en sais rien.

— Ça, c'est une autre histoire, dis-je. Mon histoire à moi. Et je vais vous la conter à mon tour.

CHAPITRE XXVII

Harry écouta attentivement tous les détails de mon épopée, racontée tout au long dans ces pages. Ce qui le frappa le plus, ce fut d'apprendre que les diamants étaient en ma possession, ou plutôt en celle de Suzanne. Comment s'en serait-il douté? Ce ne fut qu'après avoir entendu son histoire que je compris combien le projet de Nadine était subtil. Jamais le colonel n'aurait deviné que les diamants avaient été confiés à un steward du paquebot!

Il est clair que Harry serait lavé de l'accusation ancienne. Mais il restait l'autre, plus grave. Dans les circonstances actuelles, il ne pouvait songer à proclamer son innocence au grand jour.

Encore et toujours, nous revenions à la question de l'identité du colonel. Etait-il ou n'était-il pas Guy Pagett?

— Il y a un fait, dit Harry, qui est contre cette supposition. C'est la tentative de vous assassiner ici. Pagett est resté au Cap, vous l'avez vu, il n'avait aucun moyen d'arriver ici en même temps que vous. Aurait-il confié cette besogne à un subalterne? Dans ce cas, il a dû donner des instructions très précises en ce qui concerne le mot que vous avez reçu.

Nous gardâmes quelque temps le silence, puis Harry continua lentement:

— Vous dites que Mrs. Blair dormait quand vous avez quitté l'hôtel et que vous avez entendu sir Eustace dicter des lettres à miss Pettigrew? Mais où était le colonel Race?

— Je n'en sais rien.

— Avait-il des raisons de croire que nous étions amis?

— Peut-être, répondis-je, pensive, évoquant certaine conversation. C'est une personnalité puissante, mais qui ne me semble pas convenir au « colonel ». D'ailleurs, il fait partie du Service secret.

— En sommes-nous sûrs? Il est si facile de propager ces bruits-là. Personne ne les contredit, et on finit par y croire comme à l'Evangile. C'est un paravent pour toutes sortes d'affaires louches. Anne, le colonel vous plaît-il?

— Oui et non. Il me repousse et me fascine en même temps, mais je sais que j'ai peur de lui.

— Il était en Afrique du Sud au moment du vol des diamants.

— Mais c'est lui qui a parlé à Suzanne du « colonel » et qui lui a appris qu'il avait cherché à le découvrir à Paris. Du camouflage particulièrement malin!

— Mais Pagett? Est-il un des instruments de Race?

— Peut-être, dit lentement Harry, et peut-être n'est-il rien du tout.

— Quoi?

— Rappelez-vous, Anne. Avez-vous entendu Pagett raconter cette fameuse nuit sur le *Kilmorden*?

— Oui, par sir Eustace. Pagett affirme que c'est vous qui l'avez assommé d'un coup de poing sur la tête.

Harry écouta attentivement mon récit.

— Il dit, n'est-ce pas, qu'il a vu un homme venir du côté de la cabine de sir Eustace et qu'il l'a suivi sur le pont. Rappelez-vous que la cabine en face de sir Eustace était celle du colonel Race. Supposez que le colonel Race se soit glissé sur le pont pour vous attaquer, puis qu'en fuyant, il ait rencontré Pagett sur le seuil du salon, lui ait assené un coup de poing sur la tête et se soit sauvé en fermant la porte. Nous, une fois arrivés, nous trouvons Pagett. Qu'est-ce que vous en dites?

— Vous oubliez que Pagett affirme que c'est vous qui l'avez assommé.

— Supposez qu'il ait repris conscience au moment où il me voyait disparaître au loin? Ne m'aurait-il pas pris tout naturellement pour son agresseur?

— C'est possible... Mais son entretien avec l'homme qui m'a suivie au Cap? Encore une coïncidence? Vous croyez donc qu'il peut être innocent?

— Oui, si l'on savait ce qu'il a fait à Marlow au moment du meurtre! S'il a une explication plausible, c'est moi qui ai raison.

Il se leva.

— Il est minuit passé. Allez vous coucher, Anne. A l'aube, je vous emmènerai à Livingstone. J'y ai un ami qui vous gardera chez lui jusqu'à ce que vous partiez. Vous irez à Bulawayo et vous y prendrez le train pour Beira.

— Beira?

— Anne, vous irez à Beira.

Nous avions eu un répit en parlant de la situation, mais voilà que nous étions de nouveau en proie à nos angoisses.

— Bon, dis-je, et je rentrai dans la hutte.

Je m'étendis sur la couchette couverte de peaux de bêtes, mais je ne dormis pas. Dehors j'entendais Harry Rayburn marcher de long en large, pendant toutes ces heures nocturnes. Finalement il m'appela:

— Anne, il est temps. Venez!

Je me levai docilement. Il faisait noir, mais je savais que l'aube était proche.

— Nous prendrons la barque, pas le canot à moteur, commença Harry, puis il s'arrêta soudain et leva la main.

— Chut! vous entendez?

J'écoutai, mais n'entendis rien. Toutefois, il avait une ouïe plus fine que la mienne, comme tous ceux qui ont longtemps vécu dans le désert. Enfin, je distinguai, moi aussi, le bruit sourd des rames battant l'eau dans la direction de notre îlot.

Cherchant à percer du regard l'obscurité, nous pûmes distinguer une tache noire sur la surface de l'eau. C'était un canot. Soudain, un jet de lumière. Une allumette flambait. Je reconnus la barbe rousse du Hollandais de Muizenberg. Autour de lui, des Noirs.

— Rentrons vite!

Harry m'entraîna dans la hutte. Il décrocha deux fusils et un revolver.

— Savez-vous charger un fusil?

— Je n'ai jamais essayé. Montrez-moi comment on fait.

J'eus tôt fait de l'apprendre. Nous fermâmes la porte et Harry se plaça à la fenêtre qui donnait sur le débarcadère.

— Qui êtes-vous? cria-t-il d'une voix retentissante.

En réponse, dissipant les derniers doutes que nous aurions pu avoir sur les bienveillantes intentions de nos visiteurs inattendus, une grêle de balles s'abattit sur notre logis. Heureusement, nous ne fûmes pas atteints. Harry leva son fusil et tira trois fois, coup sur coup. Un cri, un râle, le bruit sourd d'un corps tombant dans l'eau.

— Ça leur apprendra, grommela-t-il en s'emparant du deuxième fusil. Restez au fond, Anne, pour l'amour de Dieu! Chargez en vitesse.

Une balle effleura sa joue. Il fit feu, son coup lui réussit mieux qu'à l'agresseur. Quand il se retourna, je lui tendis le fusil rechargé. M'enlaçant du bras gauche, il me mordit d'un baiser sauvage. Puis, retournant à la fenêtre:

— Ils partent. Ils en ont assez. Deux des leurs sont à quia et ils ne savent pas combien nous sommes. Ils battent en retraite, mais ils reviendront. Tenons-nous prêts.

Il jeta son fusil et s'élança vers moi.

— Anne, ma beauté! Mon enfant prodige! Ma petite reine! Anne cœur-de-lion! Sorcière aux cheveux noirs!

Il m'étouffait dans ses bras, baisant mes cheveux, mes yeux, ma bouche.

— Et maintenant aux affaires! dit-il desserrant

brusquement son étreinte. Va prendre la caisse de paraffine.

J'obéis. Pendant ce temps, il grimpa sur le toit de la hutte, avec des paquets plein les bras. Deux minutes plus tard, il me rejoignait.

— Attends-moi près du canot. Nous le porterons de l'autre côté de l'île.

En me retournant, je le vis manipuler la paraffine.

— Les voilà qui reviennent, dit-il à voix basse.

Je voyais une tache sombre s'approcher lentement. Il accourut.

— Nous avons juste le temps, sacrebleu! Où est le canot?

Plus de canot. On l'avait détaché. Harry sifflota doucement.

— On n'en mène pas large, nous deux, hein, ma petite fille? Tu as peur?

— Pas avec toi.

— Si tu crois que c'est amusant de mourir ensemble! Non, non, on se tirera du pétrin, tu vas voir. Regarde, ils ont amené un deuxième canot, cette fois-ci. Ils abordent de deux côtés. Mais ils n'ont pas compté avec mes effets de lumière, les bonnes gens.

En effet, une flamme jaillie soudain de la hutte, illuminait deux silhouettes noires accroupies sur les toits.

— De vieilles hardes rembourrées de tapis, mais ils ne s'apercevront pas du truc d'ici quelques minutes. Vite, vite, Anne, il ne nous reste que les grands moyens.

La main dans la main, nous traversâmes l'île en courant. De ce côté-là, un canal étroit la séparait du rivage.

— Nageons, il n'y a pas autre chose à faire. Tu nages, toi? D'ailleurs, ça n'a pas d'importance. Je saurai bien te soutenir. Un canot ne passerait pas ici — il y a trop de rochers — mais on traverse facilement à la nage. Livingstone est tout près.

— Je sais bien nager. Mais il y a du danger? (Je le voyais à son regard soucieux.) Qu'est-ce que c'est? Des requins?

— Non, petite bécasse! Les requins vivent dans la mer. Mais des crocodiles, voilà ce qu'il y a.

— Des crocodiles?

— Oui, mais n'y pense pas — ou fais tes prières, comme tu voudras.

Nous nous jetâmes à l'eau. Mes prières durent être efficaces, car nous atteignîmes sans encombre l'autre bord et nous nous laissâmes tomber, exténués, sur le sable.

— Maintenant, à Livingstone. La route est dure, et ce ne sont pas nos vêtements trempés qui nous faciliteront la marche. Mais il n'y a pas autre chose à faire. Allons-y!

Ce fut un cauchemar. Ma jupe mouillée me fouettait les jambes, et mes bas furent bientôt en pièces. A la fin, je m'arrêtai, je n'en pouvais plus. Harry se retourna.

— Courage, mon amour! Je te porterai.

C'est ainsi que je débarquai à Livingstone, chargée sur son épaule comme un sac. Comment arriva-t-il à me porter tout le long de la route? Ma foi, je n'en sais rien, mais il le fit. L'aube commençait à poindre quand nous parvînmes à la boutique d'antiquailles tenue par l'ami de Harry, jeune homme d'une vingtaine d'années. Il ne parut pas autrement étonné en voyant entrer Harry, trempé jusqu'aux os, tenant par la main une jeune personne inondée comme lui. Les hommes sont tout de même extraordinaires!

Il nous donna du café bouillant et fit sécher nos vêtements, tandis que nous nous drapions élégamment dans des couvertures fastueuses. Cachés dans l'arrière-boutique, nous nous sentions sains et saufs. Lui, pendant ce temps, partit aux renseignements. Sir Eustace et les autres voyageurs étaient-ils encore à l'hôtel?

Ce fut à ce moment que j'informai Harry de ma décision de ne point me rendre à Beira. Je n'y avais d'ailleurs jamais songé sérieusement. Maintenant, ce projet n'avait même plus de raison d'être. Puisque mes ennemis me savaient vivante, à quoi bon aller à Beira? Ils m'y suivraient et m'y assassineraient sans plus de façons. Il n'y aurait personne pour me protéger. Finalement, nous décidâmes que j'irais rejoindre Suzanne, en quelque lieu qu'elle fût, et que désormais je serais prudente. Je devais jurer de ne plus jouer l'aventurière ni chercher à faire échec au « colonel ». Je n'avais qu'à me tenir tranquille à côté de Suzanne et attendre les instructions de Harry. Quant aux diamants, on les déposerait dans une banque à Kimberley au nom de Parker.

— Il y a encore quelque chose qui me tracasse, dis-je. Il nous faudrait chiffrer nos dépêches. Ce serait trop bête si nous nous laissions prendre encore une fois par ce truc de faux messages.

— Rien de plus facile. Dans mes lettres, je bifferai toujours le mot « et ».

— Exiger la marque de la maison, murmurai-je. Et les dépêches?

— Toutes mes dépêches seront signées « Andy ».

— Le train va partir, Harry, annonça l'ami, en passant la tête par la porte et la retirant discrètement.

Je me levai.

— Alors, c'est entendu, j'épouse un homme respectable, si j'en trouve un? demandai-je ingénument.

Harry se dressa, galvanisé.

— Grands dieux! Anne, si jamais tu en épouses un autre que moi, je lui tordrai le cou. Quant à toi...

— Oui? dis-je agréablement excitée.

— Je t'emporterai et te rosserai d'importance!

— Charmant mari que j'ai trouvé là! murmurai-je, moqueuse. Et qui ne change jamais d'opinion, avec ça!

CHAPITRE XXVIII

EXTRAIT DU JOURNAL DE SIR EUSTACE PEDLER

Comme je l'ai déjà dit, je suis un homme paisible. Je ne souhaite qu'une vie tranquille, et c'est précisément ce que je n'arrive pas à trouver. Je m'égare toujours au milieu de quelque orage. J'ai été trop heureux de me débarrasser de Pagett avec ses intrigues, ses mystères et ses découvertes, et miss Pettigrew est une créature fort utile. Certes, on ne saurait lui reprocher d'être trop séduisante, mais elle a du bon. Si seulement on ne m'avait pas à ce point embêté à Bulawayo! Dire qu'on m'a forcé à porter dans mes bras une affreuse girafe en bois sculpté, avec un cou incommensurable et des jambes d'une longueur effrayante.

En dépit de ces petits contretemps, tout marchait plus ou moins bien. Et voici qu'une nouvelle calamité s'est abattue sur nous.

La nuit de notre arrivée aux chutes d'eau, je dictais des lettres à miss Pettigrew dans ma chambre, lorsque Mrs. Blair fit subitement irruption, sans un mot d'excuse et dans la plus compromettante des toilettes.

— Où est Anne? cria-t-elle.

Charmante question! Comme si j'étais responsable de cette jeune fille. Qu'allait penser miss Pettigrew? Que j'avais l'habitude de savoir où se trouvait Anne Beddingfeld au milieu de la nuit? Tout ce qu'il y a de plus compromettant pour un homme dans ma situation!

— Je suppose, dis-je froidement, qu'elle est dans son lit.

Je toussai et je regardai miss Pettigrew, comme pour reprendre ma dictée. J'espérais que Mrs. Blair ne se le ferait pas dire deux fois, mais au lieu de cela, elle se laissa tomber dans un fauteuil en agitant avec émotion son petit pied chaussé d'une mule de satin.

— Elle n'est pas chez elle. J'y suis allée. J'ai fait un rêve, un rêve horrible; j'ai cru sentir qu'elle était en danger, et je suis entrée chez elle simplement pour me rassurer. Elle n'y est pas et son lit n'est pas défait. Que faire, sir Eustace?

Etouffant le désir de lui répondre: « Vous coucher et ne pas vous faire de bile, une jeune femme énergique comme Anne Beddingfeld est capable de se débrouiller elle-même », je fronçai les sourcils.

— Qu'en dit Race?

— Je ne sais pas où il est.

Je soupirai.

— Je ne crois pas que vous ayez lieu de vous inquiéter.

— Mon rêve...

— Vient du ragoût que nous avons mangé à dîner.

— Sir Eustace!

— Après tout, continuai-je, peut-être qu'Anne Beddingfeld et le colonel Race sont allés faire un petit tour ensemble?

En ce moment, Race lui-même fit son entrée. J'avais eu raison, du moins en partie; il était allé faire un petit tour, mais il n'avait pas pris Anne avec lui. En trois minutes il mit l'hôtel sens dessus dessous. Je n'ai jamais vu un homme plus inquiet.

Toute cette affaire est extraordinaire. Où cette petite est-elle allée? Elle est sortie de l'hôtel à onze heures dix, et on ne l'a plus revue. L'hypothèse d'un suicide paraît inadmissible. Elle était une de ces jeunes femmes ardentes, follement amoureuses de la vie, qui n'ont pas la moindre intention de l'abandonner. Il n'y avait pas de train jusqu'au lendemain à midi. Donc, elle n'a pu sortir. Où diable est-elle allée se fourrer?

Race est à moitié fou, le pauvre garçon. Il a mis sur pied toute la police. Pas d'Anne Beddingfeld. On croit qu'elle a marché en état de somnambulisme. Des traces au-dessus du ravin paraissent indiquer qu'elle s'y est jetée. Dans ce cas, elle a dû se briser sur les rochers. Malheureusement, la plupart des traces ont été effacées par une bande de touristes qui ont passé le lendemain matin.

Cette théorie ne me dit pas grand-chose. J'ai toujours entendu dire que les somnambules, par une sorte de sixième sens, ne se faisaient jamais mal. Mrs. Blair est de mon avis.

Je ne sais ce qu'elle a, cette femme-là. Elle a absolument changé d'attitude vis-à-vis de Race. Elle le surveille comme un chat surveille une souris et fait un effort visible sur elle-même pour être polie avec lui. Eux qui étaient une telle paire d'amis! En général, elle est devenue nerveuse, hystérique, elle tressaille au moindre bruit. Je commence à penser qu'il est temps pour moi de partir pour Johannesburg.

Hier, le bruit nous est parvenu d'une île mystérieuse avec un homme et une femme pour toute population. Race s'est montré extrêmement inquiet. Mais ce n'est qu'un canard. L'homme est là depuis des années et le propriétaire de l'hôtel le connaît très bien. Le temps en temps, pendant la saison, il emmène des touristes dans son canot et leur fait voir les crocodiles ou des hippopotames. Je suis sûr qu'il a un petit crocodile apprivoisé, qui s'approche gentiment de son embarcadère. Alors, il le repousse d'un coup de rame, et les touristes sentent qu'ils ont éprouvé la sensation la plus exotique. Quant à la femme, ce n'est certainement pas Anne, et il me paraît plutôt délicat de vouloir s'immiscer dans cette affaire. Si j'étais ce jeune homme, je donnerais un coup de pied au derrière de Race s'il venait mettre le nez dans mes bonnes fortunes.

Plus tard.

Demain je pars pour Johannesburg. Race me persuade de le faire. La situation empire, mais il vaut mieux que j'y aille avant qu'elle ne se gâte tout à fait. J'espère que je ne serai pas fusillé par un gréviste quelconque. Mrs. Blair devait m'accompagner, mais au dernier moment elle a décidé de rester ici. On dirait qu'elle ne veut pas perdre de vue Race. Ce soir elle est venue me dire, en hésitant, qu'elle avait une grâce à me demander. Ne consentirais-je point à me charger de ses petits souvenirs d'Afrique?

— Pas les animaux? demandai-je, alarmé. J'ai toujours senti que tôt ou tard on me mettrait ces maudites bêtes sur le dos.

Finalement, nous en vînmes à un compromis. Je me chargeai de deux petites boîtes contenant des objets fragiles. Quant aux animaux, ils seraient emballés dans des colis spéciaux et envoyés au Cap, où Pagett s'occuperait de leur expédition.

Les emballeurs disent qu'à cause de la forme extraordinaire des jouets, il faut fabriquer des caisses spéciales. J'ai calculé qu'au moment où ces animaux arriveraient en Angleterre, ils reviendraient à une livre chacun.

Pagett meurt d'envie de me rejoindre à Johannesburg. Je prétexterai les colis de Mrs. Blair pour le retenir au Cap. Je lui ai écrit qu'il reçoive les colis et les mette en sûreté, vu qu'ils contiennent des curiosités exceptionnelles d'une valeur immense.

Donc, tout est arrangé, et je pars dans le bleu avec miss Pettigrew. Et tous ceux qui ont vu miss Pettigrew s'accorderont à trouver que rien ne saurait être plus respectable.

CHAPITRE XXIX

Johannesburg, 6 mars.

L'état des choses ici n'a rien de particulièrement réjouissant. Pour user de la phrase qu'on emploie si souvent dans les romans, nous vivons sur un volcan. Des bandes de grévistes patrouillent dans les rues et m'ont tout l'air de se préparer au massacre des capitalistes.

J'ai inventé des tâches sans fin pour retenir Pagett au Cap, mais en fin de compte mon imagination s'est épuisée, et il va me rejoindre demain, comme un chien fidèle qui vient mourir auprès de son maître. Et moi qui écrivais si bien mes Mémoires loin de sa surveillance! J'ai inventé des mots pleins d'esprit sur ce que m'ont dit les grévistes et sur ce que je leur ai répondu.

Ce matin, j'ai été interviewé par un fonctionnaire du gouvernement. Il a été poli et mystérieux.

— Ce ne sont pas les grévistes eux-mêmes, m'a-t-il dit, qui sont à la source des désordres. Il y a là une organisation secrète. On a fait venir des armes et des explosifs, et nous avons pu nous saisir de certains documents qui nous expliquent les méthodes employées pour la contrebande. Pommes de terre signifie baïonnettes; choux-fleurs, fusils, d'autres légumes symbolisent des explosifs.

— Tiens! que c'est curieux!

— Ce n'est pas tout, sir Eustace. Nous avons lieu de croire que l'homme qui dirige toute cette affaire se trouve en ce moment à Johannesburg.

Il me regardait si fixement que je commençai à craindre qu'il ne me prît pour cet homme. A cette pensée, je me sentis une sueur froide et je me mis à regretter l'idée que j'avais eue d'étudier sur place une révolution en miniature.

Nous fûmes interrompus par un domestique qui m'apportait une dépêche. Je lus avec stupéfaction:

Anne saine et sauve. A Kimberley avec moi. Suzanne Blair.

Je n'ai jamais cru sérieusement à la mort d'Anne Beddingfeld. Cette jeune femme a quelque chose d'indestructible — comme ces balles patentées qu'on donne aux fox-terriers. Elle a le chic pour venir vous dire bonjour en souriant quand vous vous y attendez le moins. Je ne vois tout de même pas pourquoi il a fallu qu'elle quitte l'hôtel au milieu de la nuit afin de se rendre à Kimberley. Il n'y avait pas de train, d'ailleurs. Elle a dû se mettre une paire d'ailes et voler là-bas. Et je ne crois vraiment pas qu'elle prendra la peine de m'expliquer cela. Personne ne m'explique jamais rien. Je suis toujours obligé de tout deviner. Avec le temps, ça devient monotone. Je suppose que ce sont là les exigences du métier de journaliste. *Comment j'ai devancé le rapide*, par notre correspondant spécial.

Je pliai le télégramme et me débarrassai du fonctionnaire du gouvernement. Puis je mis mon chapeau et allai flâner, dans l'intention d'acheter quelques souvenirs. Les boutiques de curiosités, à Johannesburg, sont assez bien aménagées. J'étais en train d'examiner une vitrine des plus amusantes quand un homme, sortant de la boutique, faillit me bousculer. A ma surprise, je reconnus Race.

— Je n'avais aucune idée que vous étiez à Johannesburg, m'exclamai-je. Quand êtes-vous arrivé?

— Hier soir.

— Où êtes-vous descendu?

— Chez des amis.

Il semblait extraordinairement taciturne et peu disposé à répondre à mes questions.

— A propos, dis-je, savez-vous que miss Beddingfeld n'est pas morte et qu'elle est bien en vie?

Il me fit un signe affirmatif.

— Quelle peur elle nous a faite, hein! Mais où diable est-elle allée cette nuit-là, voilà ce que je voudrais savoir?

— Elle est restée depuis ce temps dans l'île.

— Quoi? Pas avec ce jeune homme?

— Si.

— Mais ce n'est pas convenable! Pagett sera choqué. Il n'a jamais aimé Anne Beddingfeld. Est-ce que c'est le jeune homme qui l'attendait à Durban?

— Je ne crois pas.

— Ne me dites rien si vous n'en avez pas envie, dis-je pour le faire parler.

— Je crois que c'est un jeune homme que nous serions tous heureux de saisir au collet.

— Comment? C'est...

— Harry Rayburn! Alias Harry Lucas — c'est son vrai nom. Il s'est échappé une fois de plus, mais nous l'aurons bientôt. Nous ne la soupçonnons pas d'être sa complice. De son côté, c'est tout simplement une histoire d'amour.

J'ai toujours cru Race amoureux d'Anne. La façon dont il a prononcé cette phrase confirme mes doutes:

— Elle est allée à Beira, poursuivit-il précipitamment.

— Comment le savez-vous? demandai-je en le considérant avec stupéfaction.

— Elle m'a écrit de Bulawayo pour me dire qu'elle rentrait en Angleterre. C'est la meilleure chose qu'elle puisse faire, la pauvre enfant.

J'étais ahuri. Qui est-ce qui mentait là-dedans? Sans penser qu'Anne pouvait avoir ses raisons pour ne pas dire la vérité à Race, je me donnai le plaisir de le confondre. Un homme qui est toujours si sûr de lui. Je tirai la dépêche de ma poche et la lui tendis.

— Comment expliquez-vous cela? demandai-je.

Il paraissait hébété.

. — Elle a dit qu'elle allait à Beira, répéta-t-il d'une voix blanche.

Je sais que Race a la réputation d'être intelligent. A mon avis, il est stupide. Il ne paraît pas se douter que les femmes ne disent pas toujours la vérité.

A l'hôtel j'eus le plaisir de revoir mon ami le fonctionnaire d'Etat.

— Ne m'en veuillez pas de vous déranger de nouveau, sir Eustace, mais je voudrais vous poser quelques questions.

— Certainement, mon ami. Allez-y.

— Il s'agit de votre secrétaire.

— Je ne sais rien de lui, m'exclamai-je. Il s'est accroché à moi à Londres, m'a dérobé des documents importants et a disparu au Cap. Il paraît qu'il était dans une île non loin des chutes d'eau, pendant que je m'y trouvais, mais je vous assure que je ne l'y ai pas vu.

Je m'arrêtai à bout de souffle.

— Vous ne m'avez pas compris. Je parlais de votre autre secrétaire.

— Pagett? m'écriai-je ébahi. Il est à mon service depuis huit ans, j'ai toute confiance en lui.

Mon interlocuteur sourit.

— C'est encore un quiproquo. Je parle de la dame.

— Miss Pettigrew?

— Oui. On l'a vue sortir de la boutique de curiosités d'Agrasato.

— Ventre saint-Gris! Moi qui allais y entrer cet après-midi. Mais vous auriez pu m'en voir sortir, moi! Il paraît qu'on ne peut faire quoi que ce soit, à Johannesburg, sans être soupçonné.

— Oui, mais elle y est allée plus d'une fois, et dans des circonstances douteuses. Entre nous, sir Eustace, nous soupçonnons cette boutique d'être le lieu de rendez-vous des membres de l'organisation secrète qui fomente la révolution. C'est pourquoi je voudrais savoir où et comment vous avez engagé cette dame.

— Elle m'a été proposée, répondis-je froidement, par votre propre gouvernement.

Il s'écroula littéralement.

CHAPITRE XXX

ANNE REPREND SON RÉCIT

Une fois arrivée à Kimberley, je télégraphiai à Suzanne. Elle vint me rejoindre immédiatement. Force me fut de constater qu'elle m'aimait vraiment, ce qui ne laissa pas de me surprendre: j'avais cru n'être pour elle qu'un caprice. Mais lorsque nous nous revîmes, elle se jeta à mon cou et éclata en sanglots.

Quand nous fûmes un peu remises de notre émotion, je m'assis sur le lit et lui contai toute l'histoire d'un bout à l'autre.

— Vous avez toujours soupçonné le colonel Race, dit-elle quand j'eus fini. Je n'étais pas de votre avis jusqu'au soir où vous avez disparu. Il me plaisait tant et je croyais qu'il ferait pour vous un si bon mari! Anne chérie, ne vous fâchez pas, mais comment pouvez-vous être sûre que votre beau jeune homme vous a dit la vérité? Vous avez une confiance aveugle en tout ce qu'il veut bien vous raconter.

— Oui, j'ai confiance en lui! criai-je avec indignation.

— Mais, qu'est-ce donc qui vous séduit tant? A

vrai dire, je ne vois de séduisant en lui que sa beauté de jeune brigand et sa galanterie qui date de l'âge de pierre.

Pendant un quart d'heure, je déversai sur Suzanne les torrents de mon courroux.

— Parce que vous êtes confortablement mariée, terminai-je, et que vous commencez à engraisser, vous oubliez qu'il existe au monde une chose qui s'appelle l'amour.

— Ce n'est pas vrai, Anne, je n'engraisse pas. Tout ce que j'ai enduré à cause de vous à dû faire de moi un squelette.

— Vous êtes plus potelée et plus rondelette que jamais, dis-je froidement. Vous avez repris au moins un kilo.

— Et puis, continua mélancoliquement Suzanne, je ne suis pas si confortablement mariée que ça! J'ai reçu de mon mari les plus affreuses dépêches m'ordonnant de retourner immédiatement en Angleterre. J'ai fini par ne pas lui répondre, et voilà deux semaines que je n'entends plus parler de lui.

J'avoue que je ne pris pas au sérieux les drames conjugaux de Suzanne. Quand il le faudra, elle saura embobiner son mari. J'orientai la conversation vers le sujet des diamants.

Suzanne me regarda d'un air troublé.

— Je vais vous expliquer, Anne. Dès que j'ai commencé à soupçonner le colonel Race, j'ai été en proie à une inquiétude folle à propos des diamants. Je voulais rester aux chutes d'eau pour le cas où il vous aurait tenue prisonnière quelque part dans le pays, mais je ne savais que faire des pierres. J'avais peur de les garder moi-même.

Suzanne jeta autour d'elle un regard inquiet, comme si elle craignait que les murs eussent des oreilles, puis elle chuchota quelques mots, sa bouche contre mon oreille.

— Très bonne idée, approuvai-je. Mais qu'en a-t-il fait, de ces colis, sir Eustace?

— Les gros, il les a expédiés au Cap. Pagett s'en est occupé, et m'a envoyé, avant son départ des chutes d'eau, le reçu de la maison où il les a laissés en garde. A propos, il est parti aujourd'hui du Cap pour aller rejoindre sir Eustace à Johannesburg.

— Et les petites boîtes?

— Sir Eustace les a gardées chez lui.

— Hum! dis-je. En tout cas, maintenant, nous ne pouvons rien faire?

Suzanne me regarda en souriant.

— Vous n'aimez pas cela, hein! Anne, ne rien faire?

— Pas beaucoup, répliquai-je franchement.

La seule chose possible pour le moment, c'était de prendre l'indicateur des chemins de fer et me rendre compte de l'heure à laquelle le train de Pagett passerait par Kimberley. Il s'arrêterait le lendemain à 5 h 40 et repartirait à 6 heures. Le moment me semblait opportun. Il fallait que je voie Pagett.

La seule chose qui donna un peu de vie et de mouvement à la journée fut une dépêche de Johannesburg.

Arrivé sans accidents. Tout va bien. Eric là, Eustace aussi, Guy pas. Restez où vous êtes. Andy.

Eric était le pseudonyme choisi pour Race. Je l'avais proposé exprès parce que c'était un nom que je détestais. Il n'y avait rien à faire jusqu'à l'arrivée de Pagett. Suzanne, elle, passait son temps à envoyer des dépêches sentimentales à son mari. A sa manière — qui n'est ni la mienne, ni celle de mon Harry — elle l'aime vraiment.

— Je voudrais qu'il soit là, Anne, soupira-t-elle. Il y a si longtemps que je ne l'ai vu!

— Mettez un peu de poudre, mon chou, dis-je doucement.

Suzanne effleura de sa houppette le bout de son joli nez.

— Je n'en aurai bientôt plus, et on n'en trouve qu'à Paris, de cette poudre-là. Paris!

— Avouez, Suzanne, que vous commencez à en avoir assez de l'Afrique du Sud et des aventures.

— Le fait est qu'un chapeau de la rue de la Paix me ferait plaisir, admit humblement Suzanne. Vous accompagnerai-je à la gare, demain, pour voir Pagett?

— Je préfère aller seule, merci.

Le train arriva avec dix minutes de retard. Je découvris facilement Pagett et l'accostai sans plus de façons. En m'apercevant, il tressaillit encore plus nerveusement que d'ordinaire.

— Miss Beddingfeld! On m'a dit que vous aviez disparu!

— J'ai reparu, comme vous voyez, Mr. Pagett. Et vous, comment ça va?

— Très bien, merci; je me réjouis de me remettre au travail avec sir Eustace.

— Mr. Pagett, il y a une chose que je veux vous

demander. J'espère que vous ne serez pas offensé, mais votre réponse a une énorme importance. Que faisiez-vous le 8 janvier à Marlow?

Il sursauta violemment.

— Vraiment, miss Beddingfeld... je... moi...

— Vous y étiez, n'est-ce pas?

— Eh bien, oui, pour des raisons personnelles... je...

— Quelles raisons?

— Sir Eustace ne vous l'a pas dit?

— Sir Eustace? Il le sait?

— J'en suis presque sûr. J'espérais qu'il ne m'avait pas reconnu, mais ses allusions continuelles me font croire le contraire. Quoi qu'il en soit, je compte tout lui avouer et donner ma démission. C'est un homme singulier, miss Beddingfeld, avec un humour qui dépasse les limites du normal. Je crois que cela l'amuse de me tenir sur des charbons ardents. Mais il est sûrement renseigné sur l'état de choses réel. Peut-être le sait-il depuis des années.

J'espérais que tôt ou tard je comprendrais de quoi il parlait. Il continua avec volubilité:

— Il est difficile à un homme comme sir Eustace de se mettre dans ma situation. Je sais que j'ai eu tort, mais la fraude ne me paraissait pas bien grave. Il aurait été plus loyal de m'en parler à cœur ouvert, que de me tourmenter par des railleries sans fin.

Un coup de sifflet retentit. Les passagers s'installèrent dans le train.

— Mr. Pagett, dis-je, je suis absolument de votre avis en ce qui concerne sir Eustace. *Mais pourquoi êtes-vous allé à Marlow?*

— Je sais que j'avais tort, mais étant donné les

circonstances, oui, étant donné les circonstances...

— Quelles circonstances? criai-je désespérément.

Pour la première fois, Pagett parut comprendre que je lui posais une question. Il se raidit:

— Pardon, miss Beddingfeld, mais je ne crois pas que cela vous regarde.

Il était remonté dans son wagon et se penchait vers moi, accoudé à la fenêtre. Comment faire parler cet homme?

— Evidemment, dis-je avec mépris, si vous en avez honte...

Enfin j'avais trouvé son point faible! Pagett se redressa et rougit.

— Honte? Moi?

— Alors, dites!

En trois phrases brèves, il m'expliqua tout. Enfin, je savais le secret de Pagett. Ce n'était pas le moins du monde ce que j'attendais.

Je repris lentement le chemin de l'hôtel. On me remit une dépêche. Elle contenait toutes les instructions détaillées pour me faire venir à Johannesburg, où m'attendrait une auto. Elle était signée, non pas Andy, mais Harry.

Je me laissai tomber dans un fauteuil et me donnai le temps de réfléchir sérieusement.

CHAPITRE XXXI

EXTRAIT DU JOURNAL DE SIR EUSTACE PEDLER

Johannesburg, 7 mars.

Pagett est arrivé. Et, bien entendu, il déborde d'intrigues et de mystères. Il a commencé par me raconter toutes sortes de choses sur la grève et la révolution, mais j'ai coupé court à ses histoires en lui ordonnant de déballer la machine à écrire. Etant donné qu'elle se détraque toujours en voyage, je croyais que je pourrais l'envoyer quelque part pour la faire réparer et me débarrasser de lui de cette façon. Mais j'avais compté sans le zèle de Pagett et sa faculté d'avoir toujours raison.

— J'ai déjà déballé tous les colis, sir Eustace. La machine à écrire marche parfaitement bien.

— Comment, tous les colis?

— Y compris les deux petites boîtes.

— Trop de zèle, Pagett! Ces boîtes-là ne vous regardaient pas. Elles appartiennent à Mrs. Blair.

Pagett eut l'air malheureux. Il a horreur de se tromper.

— Vous pouvez donc les remballer, et après ça vous pouvez faire un tour dans la ville. Profitez de cette chance pour voir Johannesburg, demain, peut-être, ce ne sera plus qu'un amas de ruines.

— Il y a une chose que je voudrais vous dire quand vous aurez le temps, sir Eustace.

— Je n'ai pas le temps en ce moment!

Pagett se retira.

— A propos, le rappelai-je, qu'y avait-il dans ces boîtes de Mrs. Blair?

— Des bonnets de fourrures comme en portent les indigènes, des paniers tressés, — un tas de paniers — quelques rouleaux de pellicules, des gants.

— Si vous n'étiez pas idiot, Pagett, vous auriez dû voir que tous ces objets-là ne pouvaient m'appartenir.

— J'ai cru qu'ils appartenaient à miss Pettigrew.

— A propos, comment avez-vous fait pour m'engager une secrétaire aussi suspecte?

Je lui racontai l'interview du fonctionnaire d'Etat. Immédiatement, je vis dans ses yeux une lueur que je ne connaissais que trop bien. Je changeai précipitamment de sujet. Mais il était trop tard. Le chien de chasse avait flairé la trace. Il commença à m'ennuyer avec une histoire sans queue ni tête sur un pari, un steward, un rouleau de pellicules jetés dans la nuit à travers un ventilateur dans une cabine du *Kilmorden-Castle,* etc., etc... Je restai longtemps sans y rien comprendre.

Je ne le revis qu'au déjeuner. Il fit irruption dans la salle à manger, violemment excité. Il avait vu Rayburn.

— Quoi?

— Oui, j'ai vu Rayburn traverser la rue et je l'ai suivi. Et qui a-t-il rencontré et accosté dans la rue? Miss Pettigrew!

— Quoi?

— Oui, sir Eustace. Et ce n'est pas tout. J'ai fait une enquête sur elle.

— Attendez. Qu'est-ce qui est arrivé à Rayburn?

— Il est entré avec miss Pettigrew dans cette boutique de curiosités. J'ai attendu toute une éternité. Finalement je suis entré, mais il n'y avait personne dans la boutique. Il doit y avoir une autre sortie.

Je le contemplai en silence.

— Comme je l'ai déjà dit, sir Eustace, je suis revenu à l'hôtel et j'ai fait une enquête sur elle. (Il baissa la voix.) Sir Eustace, on a vu un homme sortir de sa chambre la nuit dernière.

— Et moi qui l'avais toujours crue si éminemment respectable.

Pagett poursuivit sans s'arrêter:

— J'ai fouillé dans sa chambre. Et que pensez-vous que j'ai trouvé?

» Ceci!

Et Pagett me tendit un rasoir.

— Pourquoi une femme aurait-elle un rasoir?

Je suppose que Pagett ne lit jamais les annonces dans les journaux de modes. Moi qui les lis, je refusai de considérer le rasoir comme une preuve du sexe masculin de miss Pettigrew.

— Et que dites-vous de ceci, sir Eustace?

Et il brandit triomphalement une perruque.

— Alors, êtes-vous convaincu que cette Pettigrew est en réalité un homme?

— On le dirait. J'aurais dû m'en douter rien qu'à ses pieds.

— Et maintenant, sir Eustace, je voudrais vous

parler de mes affaires privées. Je ne puis douter, d'après vos plaisanteries et vos allusions continuelles à mon voyage d'Italie que vous ne sachiez tout.

Enfin, Pagett allait me révéler son mystère de Florence!

— Allons, mon ami, confessez-vous, dis-je avec bienveillance. Ça vaut toujours mieux.

— Vous êtes bien bon, sir Eustace.

— C'est son mari. Ces raseurs de maris! Ils sont toujours là quand on n'a bas besoin d'eux.

— Je ne vous comprends pas, sir Eustace. Le mari de qui?

— Eh bien, le mari de la dame!

— Quelle dame?

— Mais, sacrebleu! la dame que vous avez rencontrée à Florence. Il doit y avoir une dame. Vous n'allez pas me dire que vous avez simplement volé un ciboire dans une église ou donné un coup de couteau à une espèce d'Italien?

— Je crois que vous plaisantez, sir Eustace?

— Je sais être amusant de temps en temps, quand je m'en donne la peine, mais je vous jure que je ne plaisante pas en ce moment!

— J'espérais que vous ne m'aviez pas reconnu, sir Eustace.

— Que je ne vous avais pas reconnu. Où?

— A Marlow, sir Eustace.

— A Marlow? Que diable faisiez-vous à Marlow?

— Je croyais que vous compreniez que...

— Je comprends de moins en moins. Commencez par le commencement. Vous êtes allé à Florence...

— Mais je ne suis pas allé à Florence! C'est là le hic!

— Où êtes-vous allé dans ce cas-là?

— Je suis allé chez moi, à Marlow. J'allais voir ma femme. Elle était souffrante, car elle attendait justement...

— Votre femme? Mais je ne savais pas que vous étiez marié!

— Non, sir Eustace, c'est pourquoi je vous le dis. Je vous ai trompé.

— Depuis combien de temps êtes-vous marié?

— Plus de huit ans. Je me suis marié six mois avant de devenir votre secrétaire. Je tenais beaucoup à cette situation. Mais comme un secrétaire qui voyage avec son patron est généralement célibataire, j'ai omis de vous avouer ce fait.

— Vous me stupéfiez! Qu'a fait votre femme pendant tout ce temps-là?

— Elle est restée dans une petite maison, à Marlow, tout près de la villa du Moulin.

— Dieu de miséricorde! Vous avez des enfants?

— Quatre enfants, sir Eustace.

Je le contemplai avec stupeur. J'aurais dû deviner qu'un homme comme Pagett ne pouvait celer un secret coupable. Sa respectabilité a toujours été mon cauchemar. C'est précisément le genre de secret que Pagett pouvait avoir: une femme et quatre enfants!

— L'avez-vous dit à quelqu'un d'autre? demandai-je, après l'avoir considéré un certain temps avec une espèce d'intérêt fasciné.

— Seulement à miss Beddingfeld. Elle est venue à la gare à Kimberley.

Je continuai à le contempler. Il s'énervait sous mon regard.

— J'espère, sir Eustace, que vous n'êtes pas sérieusement ennuyé?

— Mon garçon, dis-je, je ne peux te dire qu'une chose: quand on est bête, c'est pour longtemps!

Je sortis tout ébouriffé. En passant devant la fameuse boutique de curiosités, je fus soudain assailli par une tentation irrésistible et j'entrai. Le patron m'accueillit obséquieusement, en se frottant les mains.

— En quoi puis-je vous servir? Curiosités, objets d'art?

— Je voudrais quelque chose sortant de l'ordinaire. C'est pour une occasion spéciale.

— Peut-être voulez-vous voir dans l'arrière-boutique? J'y ai des choses bien curieuses.

C'est alors que je fis une gaffe. Et moi qui me croyais si malin! Il écarta la lourde portière et je le suivis.

CHAPITRE XXXII

ANNE REPREND SON RÉCIT

J'ai eu bien du mal à convaincre Suzanne. Elle a discuté, prié, pleuré même, avant de me laisser accomplir mon projet. Mais en fin de compte, j'en fis à ma tête. Elle promit de suivre mes instructions à la lettre et m'accompagna à la gare en larmoyant.

J'arrivai à destination, le lendemain matin. J'étais attendue par un Hollandais à barbe noire que je n'avais jamais vu auparavant. Il m'installa dans une voiture et m'emmena quelque part, dans la banlieue. On entendait tirer dans la ville.

Un boy kafir nous ouvrit. Mon guide me fit entrer dans le vestibule, ouvrit une porte et annonça:

— La jeune dame pour M. Harry Rayburn!

J'entrai. Un homme, assis à un bureau leva la tête.

— Tiens, tiens! fit-il. On dirait miss Beddingfeld.

— Je crois que je vois double, m'excusai-je. Est-ce Mr. Chichester ou miss Pettigrew? Il y a une ressemblance extraordinaire entre les deux.

— Pour le moment, ce n'est ni l'un ni l'autre. J'ai

quitté ma robe de prêtre et ma robe de dame! Prenez donc la peine de vous asseoir.

Je m'assis paisiblement.

— Il me semble, remarquai-je, que je suis venue à une fausse adresse.

— A votre point de vue, oui. Vraiment, miss Beddingfeld, se laisser prendre une deuxième fois!

— Vous avez raison, ce n'est pas très intelligent, avouai-je humblement.

Mon ton semblait le surprendre.

— Vous ne paraissez pas autrement inquiète, dit-il sèchement.

— Si je le prenais sur un ton mélodramatique, cela vous ferait-il un effet quelconque?

— Aucun.

— Ma grand-tante Jane me disait toujours qu'une femme qui se respecte ne se montre jamais surprise ni troublée en aucune circonstance. J'essaie de suivre ses préceptes.

L'opinion de Mr. Chichester-Pettigrew s'inscrivait sur son visage en caractères si nets que je me hâtai d'ajouter:

— Vous êtes vraiment merveilleux pour les travestis! Je ne vous ai jamais reconnu en miss Pettigrew, même quand vous avez cassé votre crayon en me voyant grimper dans le train au Cap!

Il donna un petit coup sur la table avec le crayon qu'il tenait en ce moment.

— Tout cela est très gentil, mais il faut en venir aux choses sérieuses. Peut-être devinez-vous, miss Beddingfeld, pourquoi nous avons besoin de votre présence ici?

— Excusez-moi, dis-je, mais je ne fais jamais d'affaires avec les subordonnés.

J'avais cueilli cette phrase dans une circulaire commerciale, et je n'étais pas mécontente de la formule. Elle fit à Mr. Chichester-Pettigrew un effet foudroyant. Il ouvrit la bouche et la referma de nouveau. Je lui souris aimablement.

— Mon grand-oncle George, ajoutai-je, m'a toujours dit que c'était sa maxime favorite. C'était le mari de ma grand-tante Jane. Il avait fait fortune dans les boutons de cuivre.

Chichester n'aimait pas qu'on se moquât de lui.

— Vous feriez bien de changer de ton, ma petite dame! Que diable...

Je l'interrompis.

— Je vous assure que ça ne vaut pas la peine de crier. Nous ne faisons que perdre du temps. Je n'ai pas l'intention de parler avec des subalternes. Vous vous éviterez un tas d'ennuis en me conduisant directement chez sir Eustace Pedler.

— Chez...

Il semblait pétrifié.

— Oui, dis-je. Chez sir Eustace Pedler.

— Je... je... excusez-moi...

Il s'élança de la pièce à toute vitesse. Je profitai de l'occasion pour me mettre un peu de poudre sur le nez. Mon ennemi reparut, visiblement humilié.

— Voulez-vous me suivre, miss Beddingfeld?

Je montai l'escalier à sa suite. Il frappa à une porte, et en réponse à un « entrez » joyeux il ouvrit la porte et me laissa passer.

Sir Eustace Pedler vint à ma rencontre, aimable et souriant.

— Comment ça va, miss Anne? (Il me serra chaleureusement la main.) Enchanté de vous voir. Asseyez-vous donc. Pas trop fatiguée du voyage?

Il s'assit en face de moi, gai comme un pinson. Sur le moment, j'étais prise au dépourvu. Sa manière d'être si simple et si naturelle!

— Vous avez eu bien raison d'exiger qu'on vous mène directement à moi. Minks est un idiot. Un acteur de premier ordre, mais un idiot. C'est Minks que vous avez vu en bas.

— Vrai? dis-je faiblement.

— Et maintenant, déclara gaiement sir Eustace, au fait! Depuis quand savez-vous que c'est moi qui suis le « colonel »?

— Depuis que Mr. Pagett m'a dit qu'il vous avait vu à Marlow au moment où l'on vous croyait à Cannes.

Sir Eustace hocha tristement la tête.

— Oui, je le lui ai bien dit, à Pagett, que quand on est bête c'est pour longtemps. Bien entendu, il n'a pas compris. Il ne pensait qu'à une chose: l'avais-je reconnu, *lui*? Il ne lui est jamais venu à l'idée de se demander ce que je faisais là, moi? Quelle guigne! J'avais si bien arrangé tout cela, l'expédiant à Florence, annonçant à l'hôtel que j'allais à Nice pour un ou deux jours. Au moment où le meurtre a été découvert, j'étais de retour à Cannes, et personne ne se doutait que j'avais quitté la Côte d'Azur.

Il parlait sans la moindre affectation. Je devais faire un effort pour me rendre compte que c'était réel — que cet homme en face de moi était vraiment ce criminel mystérieux surnommé le « colonel ».

— Alors, c'est vous, dis-je lentement, qui avez voulu me jeter par-dessus bord, sur le *Kilmorden*? C'est vous que Pagett a suivi cette nuit-là?

Il haussa les épaules.

— Toutes mes excuses, ma chère enfant, toutes mes excuses. J'ai toujours eu de la sympathie pour vous, mais pourquoi diable vous mêliez-vous de mes affaires? Je ne pouvais tout de même pas laisser renverser tous mes projets par une petite fille!

— Je crois que votre plan aux chutes d'eau était le meilleur de tous, dis-je, m'efforçant de considérer les choses d'un point de vue impersonnel. J'aurais juré que vous étiez à l'hôtel quand je suis sortie!

— Oui, Minks a été parfait en miss Pettigrew et il sait très bien imiter ma voix.

— Il y a une chose que je voudrais savoir.

— Oui?

— Comment avez-vous réussi à la faire engager par Pagett?

— Rien de plus simple. Elle a rencontré Pagett sur le seuil de la chambre de commerce ou de l'agence gouvernementale, je ne sais plus au juste; elle lui a dit que je venais de téléphoner, et que c'était elle qui avait été nommée par le département en question. Pagett a tout gobé comme un bon petit garçon.

— Vous êtes très franc, observai-je en le regardant.

— Je n'ai aucune raison de ne pas l'être.

La phrase ne me plaisait pas. Je me dépêchai de l'interpréter à ma guise.

— Vous croyez au succès de cette révolution? Vous avez brûlé vos vaisseaux!

— De la part d'une jeune femme qui ne manque pas d'esprit, cette remarque m'étonne. Non, ma chère enfant; je ne crois pas à cette révolution. Je lui donne deux jours pour mourir d'une mort naturelle. Comme toutes les femmes, vous n'avez aucune idée des affaires. Ma tâche était de fournir des armes et des explosifs — très bien payés, je vous assure — de fomenter la révolte en général, et de clouer au pilori certains personnages. J'ai rempli ma part du contrat, et j'ai eu soin de me faire payer d'avance. J'ai particulièrement soigné toute cette affaire, car c'est ma dernière avant la retraite. Quant à brûler mes vaisseaux, je ne sais ce que vous voulez dire. Je ne suis pas le chef des insurgés, mais simplement un touriste anglais éminent, qui a eu la malchance d'entrer, au cours d'une flânerie, dans une boutique du curiosités, a vu plus qu'il était utile, et a été fait prisonnier. Demain ou après-demain, dès que les circonstances le permettront, on me trouvera garrotté quelque part, à moitié mort de faim et de peur.

— Ah! dis-je lentement. Et qu'allez-vous faire de moi?

— C'est là le hic, répondit doucement sir Eustace. Que vais-je faire de vous? Je vous tiens — je ne veux pas vous être désagréable en le disant — mais je vous tiens dans le creux de ma main. Il s'agit de savoir ce que je vais faire de vous? Le moyen le plus simple, et le plus agréable pour moi, serait de vous épouser. Les femmes n'accusent pas leurs maris, et j'aimerais bien une charmante petite femme qui me tiendrait par la main et me jetterait des regards de ses beaux yeux fluides; eh bien, ceux que vous me jetez en ce moment n'ont rien de rassurant. Je vois que ce projet ne vous dit rien?

— Rien du tout!

Sir Eustace soupira.

— Dommage! Mais je ne suis pas un traître d'opéra-comique. Vous en aimez un autre, comme disent les romans.

— J'en aime un autre.

— C'est ce que je pensais; je croyais d'abord que c'était ce raseur de Race, mais maintenant je suppose que c'est le jeune héros qui vous a repêchée cette nuit-là dans le ravin. Les femmes n'ont pas de goût. A eux deux, ils ne sont pas à moitié aussi intelligents que moi. Il est si facile de me sous-estimer!

Je crois qu'il avait raison. Bien que je me rendisse parfaitement compte de ce qu'il était, je n'arrivais pas à ne pas le sentir. Il avait tenté de m'assassiner à plus d'une reprise, il avait tué la femme à Marlow, il était l'auteur d'autres méfaits innombrables; je savais qu'il était capable de m'égorger froidement s'il le jugeait nécessaire, et pourtant il ne me faisait pas peur. Je ne pouvais penser à lui que comme à notre compagnon de voyage aimable et amusant.

— Allons, allons, dit ce personnage extraordinaire, en s'adossant à son fauteuil. Je regrette que l'idée de devenir lady Pedler ne vous dise rien. Les autres alternatives me semblent un peu brutales.

Je sentis un frisson dans le dos. Bien entendu, je m'étais rendu compte du risque que je courais, mais le jeu en valait la chandelle. Les choses iraient-elles, n'iraient-elles pas comme je l'avais cru?

— Le fait est, continua sir Eustace, que j'ai un

faible pour vous. Je n'ai pas envie d'en venir aux moyens extrêmes. Racontez-moi donc toute l'histoire, dès le commencement, et voyons un peu ce que nous pouvons faire. Mais pas de chiqué, hein! Je veux la vérité.

Je n'allais pas faire une sottise pareille. J'avais trop d'estime pour la perspicacité de sir Eustace. C'était le moment de dire la vérité, toute la vérité, et rien que la vérité. Quand j'eus fini, il hocha approbativement la tête.

— Brave petite fille! Elle ne m'a rien caché. D'ailleurs, si vous aviez essayé de le faire, je vous aurais prise en flagrant délit. Un tas de gens n'auraient pas cru votre histoire, surtout le début, mais moi je vous crois. Vous êtes, vous, de ces femmes qui se lancent à corps perdu dans l'aventure. Vous avez eu une chance exceptionnelle, mais tôt ou tard, les amateurs se heurtent aux gens du métier et le résultat est facile à prévoir. Moi je suis du métier! J'ai commencé tout jeune. Cela me paraissait le meilleur moyen de m'enrichir rapidement. J'ai toujours employé des spécialistes. La seule fois que je me suis départi de cette maxime, j'ai eu des désagréments, mais je ne pouvais confier cette tâche à personne. Nadine en savait trop. Je suis un homme facile, j'ai bon caractère tant qu'on ne m'embête pas, mais elle s'apprêtait à le faire, juste au moment où j'atteignais le zénith d'une carrière brillante. Une fois Nadine morte et les diamants en ma possession, je serais en sûreté. Maintenant, j'en viens à conclure que j'ai bousillé l'affaire. Cet idiot de Pagett, avec sa femme et toute sa smala! C'est ma faute, ça me paraissait amusant d'employer ce brave garçon, avec sa physionomie d'empoisonneur du Cinquecento et son âme de bon bourgeois anglais! Une maxime pour vous, ma chère Anne. Ne vous laissez jamais entraîner par votre sens de l'humour. Pendant des années j'ai eu la sensation qu'il aurait mieux valu me débarrasser de Pagett, cependant, il était si zélé et si consciencieux que je ne trouvais aucune excuse pour le jeter dehors. Mais revenons à nos moutons. Que ferai-je de vous? Votre récit était admirablement exact et net, mais une chose m'échappe. Où sont maintenant les diamants?

— Harry Rayburn les a, dis-je en l'observant de près.

Son expression d'ironie joviale ne changea pas.

— Hum! Je veux ces diamants.

— Je ne vois pas comment vous les aurez, répliquai-je.

— Vraiment? Eh bien, moi, je le vois! Je ne voudrais pas vous faire de la peine, mais réfléchissez qu'une jeune femme trouvée morte dans ce quartier-ci, dans les circonstances où nous sommes, ne provoquera aucune surprise. Il y a un homme en bas qui fait cette besogne très proprement. Voyons, vous êtes une petite fille raisonnable. Voilà ce que je vous propose: vous allez écrire à Harry Rayburn, pour lui dire de vous rejoindre ici en apportant les diamants.

— Jamais de la vie!

— N'interrompez pas vos aînés. Je vous propose un marché. Les diamants en échange de votre vie.

— Et Harry?

— Je suis trop sensible pour séparer deux jeunes gens amoureux. Il aura la liberté, lui aussi, à condition, bien entendu, qu'aucun de vous ne se mêle de mes affaires à l'avenir.

— Quelle garantie puis-je avoir de votre parole?

— Aucune, chère enfant. Vous devez avoir confiance et bon espoir. Bien entendu, si vous êtes d'une humeur héroïque et préférez la suppression, c'est votre affaire.

C'est là-dessus que je comptais. J'eus bien soin de ne pas consentir trop vite. Peu à peu, je me laissai convaincre à force de menaces et de promesses, et je finis par écrire sous la dictée de sir Eustace:

Mon cher Harry,

Il y a une chance de te disculper totalement. Suis mes instructions à la lettre. Rends-toi dans la boutique de curiosités d'Agrasato. Demande quelque chose « d'extraordinaire », pour une occasion spéciale. L'homme te conduira dans l'arrière-boutique. Suis-le. Tu y trouveras un envoyé qui te mènera chez moi. Fais ce qu'il te dira. Apporte les diamants, c'est indispensable. Pas un mot à personne.

Sir Eustace s'arrêta.

— Ajoutez ce que vous voudrez, fit-il. Mais pas de fausse note.

— *Tienne pour toujours, Anne,* suffira, dis-je.

— L'adresse?

Je la lui donnai.

Il sonna. Chichester-Pettigrew, *alias* Minks, parut.

— Faites porter cette lettre immédiatement.

— Bien, mon colonel.

Il regarda le nom sur l'enveloppe. Sir Eustace le fixait d'un regard perçant.

— Un ami à vous, hein?

— A moi?

L'homme semblait confondu.

— Vous avez eu un entretien avec lui à Johannesburg hier.

— Un homme m'a accosté et m'a demandé des nouvelles de vous et du colonel Race. Je lui ai donné de faux renseignements.

— Parfait, mon ami, parfait, dit cordialement sir Eustace. C'est moi qui me suis trompé.

Chichester-Pettigrew était livide. A peine était-il sorti, que sir Eustace décrocha le récepteur.

— Allô, allô! C'est vous, Schwart? Surveillez Minks. Qu'il ne sorte pas de la maison.

— Puis-je vous poser quelques questions, sir Eustace? demandai-je après une minute de silence.

— Certainement. Quel sang-froid admirable vous avez, ma petite Anne! Vous êtes capable de vous intéresser intelligemment à la situation au moment où toute autre femme reniflerait et se tordrait les mains.

— Pourquoi avez-vous engagé Harry comme secrétaire au lieu de le dénoncer à la police?

— A cause de ces maudits diamants. Je n'avais aucune idée du lieu où ils pouvaient être. Nadine m'avait menacé de les revendre à votre Harry. Je réussis à me procurer la copie d'une dépêche qu'elle avait reçue de je ne sais qui — Carton ou Rayburn — et qui était un duplicata du papier que vous avez ramassé. « Dix-sept, un, vingt-deux. » Je pensai que c'était un rendez-vous avec Rayburn, et quand je vis combien il tenait à s'embarquer sur le *Kilmorden*, je me crus sûr de mon fait. C'est pourquoi je me laissai apparemment embobiner par lui. A bord je le surveillai étroitement. Je m'aperçus bientôt que Minks essayait d'intervenir et de jouer la partie à lui tout seul. Je coupai court à cela. Mais, maladroit comme il l'était, il ne réussit pas à intercepter Rayburn la nuit du rendez-vous. Je me demandais ce que vous veniez faire là-dedans. Etiez-vous ou n'étiez-vous pas la jeune fille innocente que vous paraissiez?

— Mais pourquoi la dépêche disait-elle dix-sept au lieu de soixante et onze?

— J'y ai réfléchi. Parce que Carton a donné sa copie à l'employé du télégraphe sans la relire et il a fait la même erreur que nous tous. Il a lu 17, 1, 22 au lieu de 1, 71, 22.

— Et la lettre au général Smuts?

— Ma chère Anne, croyez-vous que j'allais livrer une partie de mes projets sans tâcher de les sauver? Avec un assassin rescapé pour secrétaire, je n'hésitai pas à substituer une feuille blanche au document. Personne ne songerait à incriminer ce pauvre vieux Pedler.

— Et le colonel Race?

— Oui, ça c'était plutôt désagréable. Quand Pagett m'a dit qu'il était du Service secret, j'ai éprouvé une sensation assez peu réconfortante. Je me souviens qu'il était toujours dans les jupes de Nadine, à Paris, pendant la guerre, et j'avais l'horrible soupçon que c'était à moi qu'il en voulait.

Le téléphone sonna. Sir Eustace prit le récepteur.

— C'est bon, je vais causer avec lui.

— Les affaires! dit-il en se tournant vers moi. Miss Anne, je vais vous conduire chez vous.

Il me mena dans une chambre à coucher; un boy

apporta ma petite valise, et sir Eustace, après m'avoir demandé si je n'avais besoin de rien, se retira, en hôte aimable et courtois. On m'avait apporté de l'eau chaude, et je déballai mes effets. A ma stupéfaction, je trouvai dans mon sac à éponges un petit revolver. Il paraissait chargé. Il n'y était pas quand j'avais quitté Kimberley. Je le maniai avec une sensation de soulagement. C'était un instrument utile. Mais les vêtements féminins modernes ne sont pas faits pour le port des armes à feu. Finalement, je le mis dans mon bas, au-dessus du genou. Il faisait un petit cliquetis quand je marchais, et j'avais peur qu'il ne partît et ne me blessât à la jambe à n'importe quel moment, mais je ne voyais pas de cachette plus appropriée.

CHAPITRE XXXIII

Lorsque, dans l'après-midi, on me reconduisit chez sir Eustace, il était seul. Il marchait de long en large, et au fond de ses prunelles brillait une lueur qui ne m'échappa point. Il y avait du triomphe dans sa voix, et un changement subtil dans son attitude vis-à-vis de moi.

— J'ai des nouvelles pour vous. Votre galant est en route. Il sera là dans quelques minutes. Modérez vos transports, j'ai autre chose à vous dire. Vous avez essayé de me tromper, ce matin. Je vous ai averti que mieux vaudrait être véridique, et jusqu'à un certain point, vous m'avez obéi. Puis vous avez déraillé. Vous avez voulu me faire croire que les diamants étaient en possession de Harry Rayburn. J'ai fait mine de vous croire, parce que cela faciliterait ma tâche, vous obliger à faire venir ici Harry Rayburn. Mais, ma chère Anne, les diamants sont en ma possession depuis que j'ai quitté les chutes d'eau, je ne le sais moi-même que depuis hier.

— Vous le savez, murmurai-je d'une voix étouffée.

— Cela vous intéressera peut-être de savoir que c'est Pagett qui m'a renseigné. Il m'a raconté toute une histoire sans queue ni tête sur un rouleau de pellicules et un pari. Et, comme dans la boîte de Mrs. Blair, que l'excellent Pagett, par excès de zèle avait déballée, il y avait un rouleau de pellicules, je saisis immédiatement le rapport. Avant de quitter l'hôtel, je mis simplement le rouleau dans ma poche. Je ne l'ai pas encore examiné, mais il pèse bien lourd et il émet un cliquetis significatif. C'est clair, n'est-ce pas? Vous voyez que je vous tiens tous les deux... Dommage que vous n'ayez pas accepté de devenir lady Pedler!

Je ne répondis pas. Je le regardai sans rien dire. Un bruit de pas retentit dans l'escalier, on ouvrit la porte à deux battants, et Harry Rayburn, maintenu par deux hommes, fut poussé dans la pièce. Sir Eustace me jeta un regard de triomphe.

— C'est ce que je vous disais, fit-il doucement. Les amateurs n'ont qu'à se garer des gens du métier.

— Qu'est-ce que cela signifie? cria Harry d'une voix rauque.

— Cela signifie, mon cher Rayburn, que vous n'avez pas de chance.

— Vous m'avez écrit que je pouvais venir, Anne?

— Ne lui en veuillez pas, mon garçon. Elle vous écrivait sous ma dictée, et ce n'était pas de sa faute.

Harry me regarda. Je compris la signification de son regard et me glissai plus près de sir Eustace.

— Oui, oui, murmura ce dernier, vous n'avez décidément pas de chance. C'est — voyons — notre troisième rencontre.

— Vous avez raison, dit Harry. C'est notre troisième rencontre. N'avez-vous jamais entendu dire qu'à la troisième fois, la chance changeait? C'est mon tour, visez-le, Anne.

J'étais toute prête. En un clin d'œil, j'avais tiré le revolver de mon bas et je visai au front. Les deux hommes qui gardaient Harry s'élancèrent, mais sa voix les arrêta:

— Un pas de plus, et il mourra! S'ils approchent, Anne, n'hésitez pas, appuyez sur la détente.

— Je n'hésiterai pas, répondis-je gaiement. J'ai plutôt peur d'appuyer sans le vouloir.

Je crois que sir Eustace partageait ma crainte. Il tremblait comme une feuille.

— N'avancez pas! ordonna-t-il aux deux hommes, qui demeurèrent immobiles.

— Dites-leur de s'en aller, dit Harry.

Sir Eustace donna l'ordre, les hommes sortirent docilement, et Harry ferma la porte à clé derrière eux.

— Maintenant, causons, dit-il d'un ton qui n'avait rien de rassurant, et, s'approchant de moi, il reprit le revolver.

Sir Eustace poussa un soupir de soulagement et s'essuya le front de son mouchoir.

— Je ne suis pas en forme, remarqua-t-il, je dois avoir le cœur faible. Je me réjouis de voir ce revolver entre des mains expertes. Je n'avais pas confiance en miss Anne. Maintenant, mon jeune ami, causons, comme vous l'avez dit. J'admets que vous avez gagné sur moi un avantage temporaire. D'où diable venait ce revolver? J'ai pourtant fait fouiller les bagages de la petite. Et d'où l'avez-vous tiré, maintenant?

Vous ne l'aviez pas sur vous, il y a une minute?

— Si répliquai-je. Il était dans mon bas.

— Je n'en sais pas assez sur les femmes, dit tristement sir Eustace. J'aurais dû les étudier de plus près.

Harry donna un coup de poing sur la table.

— Trêve de plaisanteries! N'étaient vos cheveux gris, je vous jetterais par la fenêtre. Maudit scélérat! Mais tant pis pour vos cheveux gris!

Il avança d'un pas et sir Eustace se retira promptement derrière la table.

— Vous autres, jeunes, dit-il avec un air de reproche, vous êtes toujours trop violents. Incapables de vous servir de votre cerveau, vous ne vous en fiez qu'à vos muscles. Parlons raison. Pour le moment, vous avez le dessus. Mais cette situation ne peut pas durer. La maison est pleine de mes hommes. Vous avez la quantité contre vous. Votre ascendant momentané est un effet du hasard...

La raillerie sinistre de Harry sembla pétrifier sir Eustace. Il le regarda fixement.

— Cette fois, continua Harry, la chance est contre vous. Ecoutez.

On entendait en bas un bruit sourd contre la porte d'entrée. Des cris retentirent, des jurons, des exclamations, des coups de fusil. Sir Eustace pâlit.

— Qu'est-ce que c'est?

— Le colonel Race et ses hommes. Vous ne saviez pas, n'est-ce pas, sir Eustace, que nous avions un chiffre pour nos dépêches, Anne et moi? Elle savait que votre télégramme était un guet-apens et elle s'y est laissé attirer en pleine connaissance de cause, espérant vous prendre dans votre propre traquenard.

Avant de quitter Kimberley, elle m'a télégraphié et elle a télégraphié à Race. J'ai été tout le temps en rapport avec Mrs. Blair. La lettre écrite sous votre dictée était précisément ce que j'attendais. Nous avions déjà présumé l'existence d'un passage secret conduisant de la boutique de curiosités jusqu'ici, et Race a fini par le découvrir.

On entendit un bruit infernal. C'étaient les grévistes qui approchaient. Une bombe éclata. La maison en face était en flammes.

Sir Eustace marchait de long en large. Harry le tenait tout le temps sous la menace de son revolver.

— Ainsi vous le voyez, sir Eustace, la partie est jouée. Vous avez eu vous-même l'obligeance de nous fournir tous les renseignements. Les hommes de Race surveillaient l'entrée du passage secret. En dépit de vos précautions, ils ont réussi à me suivre ici.

Sir Eustace se retourna soudain.

— Très malin, tout ça. Très bien organisé. Mais j'ai encore un mot à dire. J'ai perdu la partie, vous de même. Vous n'arriverez jamais à prouver que c'est moi qui ai tué Nadine. J'étais à Marlow ce jour-là, c'est tout ce que vous savez. Personne ne peut prouver que je connaissais cette femme. Tandis que vous, vous la connaissiez, vous aviez un motif pour la tuer, et votre passé est contre vous! Vous êtes un voleur, souvenez-vous-en! Il y a une chose que vous ne savez peut-être pas. *C'est moi qui ai les diamants*. Voilà ce que j'en fais.

D'un mouvement incroyablement prompt, il s'arrêta, leva la main et jeta un objet par la fenêtre. Un cliquetis de verre cassé, et le paquet disparut en face, dans les flammes.

— Voilà parti votre seul espoir de vous disculper dans l'affaire des diamants. Maintenant, causons. Vous me tenez. Si je reste ici, je suis perdu, mais si je m'échappe, j'ai encore des chances. Il y a une trappe dans la pièce à côté. Laissez-moi partir et je vous laisserai une confession signée du meurtre de Nadine.

— *Oui,* Harry, criai-je. Oui, oui, oui!

Il tourna vers moi un visage rigide.

— Non, Anne, mille fois non! Tu ne sais pas ce que tu dis. Je ne pourrais jamais plus regarder Race en face. Je mourrai plutôt que de laisser échapper ce vieux coquin! Inutile, Anne. Je ne le ferai pas.

Sir Eustace eut un petit rire. Il accepta la défaite sans la moindre émotion.

— Bon, bon, dit-il. Vous avez trouvé votre maître, ma petite Anne. Mais vous pouvez m'en croire tous les deux, la vertu n'est pas toujours récompensée.

On entendit le fracas d'une porte qui cédait, des pas dans l'escalier. Harry ouvrit, et le colonel Race entra. A ma vue, son visage s'éclaira.

— Vous êtes saine et sauve, Anne! Je craignais... (il se tourna vers sir Eustace.) Je suis sur votre piste depuis bien longtemps, Pedler, enfin je vous tiens.

— Tout le monde semble devenir fou, déclara négligemment sir Eustace. Ces jeunes gens me menacent d'un revolver en m'accusant de je ne sais quels méfaits, je ne comprends pas ce que cela signifie.

— Vraiment? Cela signifie que j'ai trouvé le « colonel ». Cela signifie que le 8 janvier vous n'étiez pas à Cannes, mais à Marlow. Cela signifie que lorsque Nadine, votre complice, a voulu vous faire chanter, vous l'avez assassinée, et nous le prouverons.

— Pas possible? Et qui donc a fourni ces renseignements curieux? L'homme poursuivi par la police? Ses témoignages seront très précieux.

— Nous en avons d'autres. Il y a quelqu'un qui savait que Nadine allait vous rencontrer à la villa du Moulin.

Sir Eustace eut un mouvement de surprise. Sur un signe du colonel Race, on fit entrer Arthur Minks, *alias* le R.P. Chichester, *alias* miss Pettigrew. Il était pâle et nerveux, mais il parlait distinctement et à haute voix:

— J'ai vu Nadine à Paris, la veille de son départ pour l'Angleterre. Je me posais à ce moment-là en comte russe. Elle me raconta son projet. Je tâchai de l'en dissuader, sachant à qui elle avait affaire, mais elle refusa de suivre mes conseils. Il y avait une dépêche sur la table. Je la lus. Je songeai que je pourrais moi-même tenter d'avoir les diamants. A Johannesburg, Mr. Rayburn m'a accosté. Il m'a persuadé de passer de son côté.

Sir Eustace le regarda. Il ne dit rien, mais Minks frémit.

— Les rats quittent toujours un navire qui coule, observa sir Eustace. Tant pis pour les rats. Tôt ou tard, je détruis la vermine.

— Il y a une seule chose que je voudrais vous dire encore, sir Eustace, remarquai-je. Le rouleau que vous avez jeté par la fenêtre ne contenait pas les diamants. Il n'y avait dedans que de vulgaires cailloux. Les diamants sont en sûreté. Pour tout dire, ils sont dans l'estomac de la grosse girafe. Suzanne l'a creusé, y a enfermé les diamants dans du coton hydrophile, pour qu'ils ne cliquettent pas, et lui a recollé le ventre.

Sir Eustace me fixa un long moment. Sa réponse fut caractéristique:

— J'ai toujours détesté cette sale girafe. Ce devait être d'instinct.

CHAPITRE XXXIV

Le lendemain, assise sur la terrasse d'une ferme où le colonel Race m'avait emmenée, car dans la ville on se battait encore, je le vis arriver lui-même. Il descendit de cheval et vint s'asseoir près de moi.

C'était la première fois que nous étions en tête à tête depuis la fameuse excursion. Comme toujours, j'éprouvai en sa présence un curieux mélange de crainte et d'attirance.

— Quelles nouvelles? demandai-je.

— Le général Smuts sera à Johannesburg demain. Dans trois jours, la révolte sera étouffée.

Il y eut un silence.

— Autre chose, Anne. J'ai à vous faire l'aveu de ma maladresse. Pedler s'est enfui.

— Quoi?

— Oui. Impossible de comprendre comment il l'a fait. Il était bien gardé, mais il devait avoir d'innombrables agents.

Au fond, sans pouvoir, bien entendu, l'avouer au colonel Race, j'étais plutôt satisfaite. Je n'ai jamais pu me débarrasser d'une sorte de honteuse faiblesse pour sir Eustace. Je sais que c'est répréhensible, mais c'est un fait. Je l'admirais. Un scélérat, mais un scélérat spirituel! Je n'ai jamais rencontré depuis quelqu'un d'aussi amusant.

— Et Harry? demanda le colonel Race.

— Je ne l'ai pas revu depuis hier.

— Vous vous rendez compte, Anne, qu'il est complètement disculpé. Il ne reste plus que les formalités. Rien ne vous sépare, désormais.

Il le dit d'une voix sourde et saccadée, sans lever les yeux sur moi.

— Je comprends, murmurai-je avec reconnaissance.

— Il n'y a plus de raison pour qu'il ne reprenne pas son vrai nom.

— Certes.

— Vous savez son vrai nom?

— Mais oui: Harry Lucas.

Il ne répondit pas, et son silence me parut bizarre.

— Anne, vous vous rappelez que le jour de notre excursion je vous ai dit que je savais ce que j'avais à faire?

— Oui, je me le rappelle.

— Je crois pouvoir vous dire que je l'ai fait. L'homme que vous aimez est disculpé.

— C'est à cela que vous pensiez?

— Naturellement.

Je baissai la tête. J'avais honte des vils soupçons que j'avais nourris. Il dit encore, d'une voix lente:

— Quand je n'étais encore qu'un enfant, j'aimais une jeune fille. Elle me trahit. Après cela, je ne pensais plus qu'à mon travail. Ma carrière était tout pour moi. Puis je vous ai rencontrée, Anne, et rien n'avait de prix à mes yeux. Rien que vous. Mais la jeunesse s'allie à la jeunesse... Il me reste toujours mon travail.

Je gardai le silence. Je crois qu'on ne peut pas aimer deux hommes à la fois, mais on peut avoir cette sensation-là. Le magnétisme de cet homme était immense. Je levai subitement les yeux sur lui.

— Vous irez très loin, dis-je. Vous avez une carrière splendide devant vous. Vous serez un des grands de ce monde.

— Mais je serai seul.

— Les grands hommes sont toujours seuls.

Il prit ma main et dit à voix basse:

— J'eusse préféré ne pas être grand.

C'est à cet instant que Harry parut. Le colonel Race se leva.

— Bonjour, Lucas, dit-il.

Harry rougit jusqu'à la racine des cheveux.

— Oui, dis-je gaiement, il faut vous appeler de votre vrai nom, maintenant.

Mais Harry fixait encore le colonel Race.

— Ainsi, vous savez, dit-il.

— Je n'oublie jamais un visage. Je vous ai vu quand vous n'étiez qu'un enfant.

— Qu'est-ce que cela veut dire? demandai-je en les regardant.

Il y avait entre eux comme la lutte de deux volontés. Le colonel Race gagna. Harry se détourna légèrement.

— Je crois que vous avez raison. Dites-lui mon vrai nom.

— Anne, ce n'est pas Harry Lucas. Harry Lucas a été tué à la guerre. C'est John Harold Eardsley.

CHAPITRE XXXV

Sur ces mots, le colonel Race fit demi-tour et partit. Je restai confondue. La voix de Harry me rappela à la réalité.

— Anne, pardonne-moi, dis que tu me pardonnes.

Il prit ma main, je la retirai presque machinalement.

— Pourquoi m'as-tu trompée?

— Je ne sais pas moi-même comment t'expliquer. J'avais peur... peur de la puissance et de la fascination de l'argent. Je voulais que tu m'aimes tel que j'étais, pour moi-même.

— Je comprends, dis-je lentement.

Je me remémorai toute l'histoire. La façon dont il avait parlé des deux hommes à la troisième personne. Et quand il disait « mon ami », c'était de Lucas qu'il parlait. C'était Lucas, ce garçon sobre et tranquille, qui avait tant aimé Nadine.

— Comment cela est-il arrivé? demandai-je.

— Nous voulions nous faire tuer tous les deux. Une nuit, nous avons échangé nos papiers, pour nous porter chance. Le lendemain, Lucas était tué.

— Mais pourquoi ne m'avoir pas appris vous-même la vérité? Maintenant, du moins, vous ne pouvez plus douter de mon amour?

— Anne, je ne voulais pas gâcher tout cela. Je voulais te ramener dans l'île. L'argent? A quoi bon? Il ne peut acheter le bonheur. Nous avons été si heureux dans l'île. Je te dis que j'ai peur de cette autre vie; elle a déjà failli me tuer une fois.

— Si le colonel Race ne m'avait rien dit, qu'aurais-tu fait?

— Rien. J'aurais gardé le nom de Lucas.

— Et les millions de ton père?

— Race en aurait fait meilleur usage que moi. Anne, à quoi penses-tu? Tu as l'air si grave.

— Je pense que j'aurais préféré que le colonel Race ne t'eût pas forcé à me le dire.

— Non. Il a eu raison. Je te devais la vérité.

Il s'arrêta puis, subitement:

— Tu sais, Anne, je suis jaloux de Race. Il t'aime, lui aussi, et c'est un homme qui me dépasse.

Je me tournai vers lui en riant.

— Harry, ne sois pas idiot. C'est toi que je veux, et tant pis pour le reste.

Dès que nous pûmes, nous partîmes pour le Cap. Suzanne m'attendait et nous ouvrîmes le ventre à la grosse girafe. Quand la révolte fut définitivement écrasée, le colonel Race vint nous rejoindre; sur sa proposition, on rouvrit la grande villa de Muizenberg, qui avait appartenu à sir Laurence Eardsley, et nous nous y installâmes.

Nous avions fait nos projets. Je retournerais en Angleterre avec Suzanne et resterais chez elle jusqu'à mon mariage, qui aurait lieu à Londres. Le trousseau serait commandé à Paris. Suzanne combinait déjà les robes. Ces détails l'amusaient infiniment. Moi aussi. Mais en même temps, cet avenir me paraissait étrangement irréel. Et quelquefois, je ne sais pourquoi, je me sentais étouffer.

C'était la veille de notre départ. Je ne pouvais dormir. J'étais oppressée sans savoir pourquoi. Cela me faisait trop de peine de quitter l'Afrique. Quand je reviendrais, serait-ce la même chose? Ce n'est jamais la même chose.

Soudain, un coup impérieux frappé à la porte me fit tressaillir. C'était Harry.

— Habille-toi vite, Anne, et sors. J'ai à te parler.

Je me vêtis à la hâte et je sortis dans le jardin. La nuit était noire, parfumée, veloutée. Harry m'entraîna loin de la maison. Il était pâle et décidé, et ses yeux flambaient.

— Anne, tu te souviens que tu m'as dit une fois que les femmes adorent faire ce qu'elles n'aiment pas pour celui qu'elles aiment?

— Oui, dis-je, en attendant avec anxiété ce qui suivrait.

Il me saisit dans ses bras.

— Anne, viens avec moi, tout de suite, cette nuit. Retournons en Rhodésie, dans notre île. Je ne peux pas endurer tous ces préparatifs. Je ne peux plus attendre pour t'avoir.

Je me dérobai l'espace d'un instant.

— Et mes toilettes de Paris? me lamentai-je.

Même maintenant, Harry ne sait jamais si je suis sérieuse ou si je ris.

— Je me moque de tes toilettes de Paris! Tu crois que j'ai envie de te mettre des robes? Je te jure que j'ai plutôt envie de te les arracher! Je ne te laisserai pas partir, tu m'entends? Tu es à moi. Si je te laisse partir, je risque de te perdre. Je ne suis jamais sûr de toi. Tu viendras avec moi, maintenant, tout de suite, et je me fiche du reste.

Il m'étreignit sauvagement, m'étouffant de baisers.

— Je ne peux plus me passer de toi, Anne! Je ne peux plus. Je hais tout cet argent. Laissons-le à Race. Allons! viens!

— Ma brosse à dents? murmurai-je.

— Je t'en achèterai une. Je sais que je suis fou, mais pour l'amour de Dieu, *viens*!

Il parti à une allure d'enragé. Je le suivis aussi humblement que la femme indigène que j'avais vue près des chutes d'eau. La seule différence était que je ne portais pas de poêle sur ma tête. Il marchait si vite que j'avais peine à le suivre.

— Harry, dis-je finalement, d'une voix soumise, est-ce que nous irons à pied jusqu'en Rhodésie?

Il se retourna soudain, et me saisit dans ses bras avec un grand éclat de rire.

— Je suis fou, mon amour, je le sais. Mais je t'aime tant!

— Nous sommes fous tous les deux! Et puis, Harry, tu ne me l'as pas demandé, mais je ne fais aucun sacrifice. Je meurs d'envie, moi aussi, de m'en aller avec toi!

CHAPITRE XXXVI

Tout cela s'est passé il y a deux ans. Nous habitons encore dans notre île. Devant moi, sur une simple table de bois, une lettre de Suzanne, datant de cette époque, me dit:

Mes chers petits Paul et Virginie,
Mes chers fous amoureux,
Je ne suis pas étonnée, mais pas du tout! Même quand nous parlions de Paris et des toilettes de la rue de la Paix, je sentais que tout cela n'était pas vrai, et qu'un beau jour vous alliez disparaître dans le bleu pour vous marier à la bonne vieille façon des bohémiens. Mais quelle paire de loufoques! Renoncer à votre fortune, vous n'y pensez pas! Le colonel Race l'administrera en attendant, et le jour viendra où vous constaterez vous-mêmes que les lunes de miel ne durent pas toujours — pas de coups de griffe, Anne! Je suis trop loin! et où vous aurez envie d'un hôtel somptueux à Londres, de voitures, de toilettes, de zibelines, de nurses et de femmes de chambre! Oui, oui, vous verrez!

Mais en attendant, jouissez de votre lune de miel, petite folle et grand fou, et je vous souhaite qu'elle dure longtemps! Songez quelquefois à moi, qui engraisse doucement au coin du feu.

Votre amie dévouée, *Suzanne Blair.*

P.-S. — *Je vous envoie comme cadeau de noces un assortiment complet de poêles, et une énorme terrine de pâté de foie gras truffé pour que vous pensiez à moi.*

J'ai là une autre lettre que je relis de temps en temps. Elle arriva beaucoup plus tard que la première avec un gros paquet recommandé. Elle était timbrée de la Bolivie.

Ma chère Anne Beddingfeld,

Je ne puis m'empêcher de vous écrire — pas tant pour le plaisir que cela me fait de vous donner de mes nouvelles, que pour la joie que vous aurez en entendant parler de moi. Notre ami Race n'était pas si malin que ça, hein?

Je crois que je vais vous nommer mon exécuteur littéraire. Je vous envoie mon journal. Il y a là des passages qui vous amuseront peut-être. Usez-en comme il vous plaira. Je propose un roman-feuilleton pour le Budget quotidien: Les criminels que j'ai rencontrés. *La seule condition que j'y mets, c'est d'être le personnage central.*

A l'heure qu'il est, je n'en doute pas, vous n'êtes plus Anne Beddingfeld, mais lady Eardsley, et vous trônez dans un magnifique hôtel de Park-Lane. Il est dur, à mon âge, de recommencer sa vie, mais entre nous, j'avais mis de côté quelques petites économies, et ça ne va pas trop mal. A propos, si vous rencontrez Arthur Minks, dites-lui que je ne l'ai pas oublié, voulez-vous? Ça lui donnera un petit frisson.

En somme, je crois que je me suis conduit en bon chrétien. J'ai pardonné à tous, même à Pagett. J'ai entendu dire que lui, ou plutôt Mme Pagett, avait mis au monde un sixième enfant. L'Angleterre sera peuplée de jeunes Pagett. J'ai envoyé au gosse une coupe d'argent, avec une carte postale où je me déclarai prêt à le tenir sur les fonts en qualité de parrain. Je vois d'ici Pagett porter la coupe et la carte au commissariat de police, sans même un sourire.

Allons, adieu, beaux yeux fluides. Un jour, vous verrez que vous avez commis une erreur en refusant de m'épouser.

Bien cordialement. *Eustace Pedler.*

Harry était furieux. C'est la seule question sur laquelle nous ne sommes pas du même avis. A ses yeux, sir Eustace est l'homme qui a tenté de m'assassiner. Ces tentatives d'assassinat cadrent mal avec mon souvenir de sir Eustace. Car au fond, j'en suis sûre, il avait pour moi une affection sincère. Quant à Nadine, elle était de ces femmes qui méritent d'être tuées. Je pardonne facilement à sir Eustace, mais je ne pardonnerai jamais à Nadine. Jamais, jamais, jamais!

L'autre jour, je déballais un colis quelconque enveloppé d'un journal, et je tombai subitement sur les mots: L'homme au complet marron. Qu'il y a longtemps de cela, mon Dieu! Bien entendu, j'ai depuis longtemps rompu avec le *Budget quotidien*; je l'ai plaqué plutôt qu'il ne m'a plaquée! Mon *Mariage romanesque* m'a couronnée d'un halo de publicité.

Mon fils se chauffe au soleil, les jambes en l'air. Il ne porte rien, ce qui est le meilleur costume en Afrique et il est tanné comme un cuivre. C'est vraiment l'homme au complet marron. Il est toujours là à fouiller dans le sable. Je crois qu'il a hérité des manies de papa.

Quand il est né, Suzanne m'a envoyé une dépêche:

Félicitations tendresses au nouvel habitant de l'Ile des Fous. Sa tête est-elle dolichocéphale ou brachycéphale?

Je n'allais pas supporter cela de Suzanne. Je répondis par une dépêche d'un mot, économe et pourtant explicite:

Platycéphale!

FIN

Les Reines du Crime

Nouvelles venues ou spécialistes incontestées, les grandes dames du roman policier dans leurs meilleures œuvres.

BLACKMON Anita
1912 On assassine au Richelieu *(fév. 88)*

BRAND Christianna
1877 Narcose
1920 Vous perdez la tête *(mai 88)*

CANNAN Joanna
1820 Elle nous empoisonne

EBERHARDT Mignon
1825 Ouragan

KALLEN Lucille
1816 Greenfield connaît la musique
1836 Quand la souris n'est pas là...

LEE Gypsy Rose
1893 Mort aux femmes nues
1918 Madame mère et le macchabée *(avril 88)*

LE FAUCONNIER Janine
1639 Le grain de sable *(mars 88)*

LONG Manning
1831 On a tué mon amant
1844 L'ai-je bien descendue ?

McCLOY Helen
1841 En scène pour la mort
1855 La vérité qui tue

McGERR Pat
1903 Ta tante a tué

McMULLEN Mary
1921 Un corps étranger *(mai 88)*

MILLAR Margaret
723 Son dernier rôle
1845 La femme de sa mort
1896 Un air qui tue
1909 Mortellement vôtre

MOYES Patricia
1824 La dernière marche
1856 Qui a peur de Simon Warwick ?
1865 La mort en six lettres
1914 Thé, cyanure et sympathie *(mars 88)*

NÅTSUKI Shizuko
1861 Meurtre au mont Fuji

NIELSEN Helen
1873 Pas de fleurs d'oranger

RENDELL Ruth
1451 Qui a tué Charlie Hatton ?
1501 Fantasmes
1521 Le pasteur détective
1532 L'analphabète
1582 Ces choses-là ne se font pas *(fév. 88)*
1629 La banque ferme à midi
1649 Le lac des ténèbres *(avr. 88)*
1688 Le maître de la lande *(juin 88)*
1806 Son âme au diable
1815 Morts croisées
1834 Une fille dans un caveau
1851 Et tout ça en famille...
1866 Les corbeaux entre eux

RICE Craig
1835 Maman déteste la police
1862 Justus, Malone & Co
1870 Malone et le cadavre en fuite
1881 Malone est à la noce
1899 Malone cherche le 114
1924 Malone quitte Chicago *(juin 88)*

RUTLEDGE Nancy
1830 La femme de César

SEELEY Mabel
1871 D'autres chats à fouetter
1885 Il siffle dans l'ombre

SIMPSON Dorothy
1852 Feu le mari de madame

THOMSON June
1857 Finch se jette à l'eau
1886 Plus rude sera la chute
1900 Sous les ponts de Wynford

Les Maîtres du Roman Policier

Première des collections policières en France, Le Masque se devait rééditer les écrivains qu'il a lancés et qui ont fait sa gloire.

MSTRONG Anthony
9 Dix minutes d'alibi

MSTRONG Charlotte
0 L'étrange cas des trois sœurs infirmes
7 L'insoupçonnable Grandison

EDING Francis
8 Le numéro gagnant

RKELEY Anthony
3 Le club des détectives
0 Une erreur judiciaire
1 Le gibet imprévu *(fév. 88)*

GGERS Earl Derr
0 Le perroquet chinois

ILEAU Pierre
2 Le repos de Bacchus *(Prix du Roman d'Aventures 1938)*
4 Six crimes sans assassin

ILEAU-NARCEJAC
8 L'ombre et la proie
9 Le second visage d'Arsène Lupin
9 Le secret d'Eunerville
8 La poudrière
9 La justice d'Arsène Lupin

NETT J. E.
6 Mort d'un lion *(avr. 88)*

UCE Leo
1 Trois détectives
3 Sang-froid

RR John Dickson
4 Impossible n'est pas anglais
5 Suicide à l'écossaise
5 Le sphinx endormi
4 Le juge Ireton est accusé
) On n'en croit pas ses yeux
2 Le marié perd la tête
3 Les yeux en bandoulière
) Satan vaut bien une messe
3 La maison du bourreau
6 La mort en pantalon rouge
3 Je préfère mourir
Le naufragé du Titanic
1898 Un fantôme peut en cacher un autre
1906 Meurtre après la pluie
1910 La maison de la terreur *(fév. 88)*
1917 L'homme en or *(avr. 88)*
1919 Service des affaires inclassables *(mai 88)*
1923 Trois cercueils se refermeront... *(juin 88)*

CRISPIN Edmund
1839 Un corbillard chasse l'autre

DARTOIS Yves
232 L'horoscope du mort

DIDELOT Francis
1784 Le coq en pâte

DISNEY Doris Miles
1811 Imposture

DOYLE Sir Arthur Conan
124 Une étude en rouge
1738 Le chien des Baskerville

ENDRÈBE Maurice Bernard
1758 La pire des choses

FAIR A.A.
1745 Bousculez pas le magot
1751 Quitte ou double
1770 Des yeux de chouette
1905 Le doigt dans l'œil
1913 Les souris dansent *(mars 88)*

FAST Julius
1901 Crime en blanc

GARDNER Erle Stanley
1797 La femme au masque

GOODIS David
1823 La police est accusée

HALL G. Holliday
1892 L'homme de nulle part

HEYER Georgette
297 Pourquoi tuer un maître d'hôtel?
484 Noël tragique à Lexham Manor

HUXLEY Elspeth
1764 Safari sans retour

IRISH William
1875 Divorce à l'américaine
1897 New York blues

JEFFERS H. Paul
1807 Irrégulier, mon cher Morgan

KASTNER Erich
277 La miniature volée

KING Rufus
375 La femme qui a tué

LEBLANC Maurice
1808 Arsène Lupin, gentleman cambrioleur
1819 L'aiguille creuse

LEBRUN Michel
1759 Plus mort que vif

LEVIN Ira
1895 La couronne de cuivre

LOVESEY Peter
1201 Le vingt-sixième round
1798 La course ou la vie
1803 Le bourreau prend la pose
1869 Bouchers, vandales et compagnie
1887 Le médium a perdu ses esprits *(Prix du Roman d'Aventures 1987)*
1888 Ô, mes aïeux !

MAGNAN Pierre
1778 Le sang des Atrides
1804 Le tombeau d'Helios

MILLER Wade
1766 La foire aux crimes

MILNE A.A.
1527 Le mystère de la maison rouge

NARCEJAC Thomas
355 La mort est du voyage *(Prix du Roman d'Aventures 1948)*
1775 Le goût des larmes

PALMER Stuart
117 Un meurtre dans l'aquarium
1783 Hollywood-sur-meurtre

PRONZINI Bill
1737 L'arnaque est mon métier

QUENTIN Patrick
166 Meurtre à l'université
251 L'assassin est à bord
1860 Lettre exprès pour miss Grace

ROGERS J. T.
1908 Jeu de massacre

ROSS Jonathan
1756 Une petite morte bien rangée

RUTLEDGE Nancy
1753 Emily le saura

SAYERS Dorothy L.
174 Lord Peter et l'autre
191 Lord Peter et le Bellona Club
1754 Arrêt du cœur

SÉCHAN O. et MASLOWSKI I.
395 Vous qui n'avez jamais été tués *(Prix du Roman d'Aventures 1951*

SHERRY Edna
1779 Ils ne m'auront pas

SLESAR Henry
1776 Mort pour rire

STAGGE Jonathan
1736 Chansonnette funèbre
1771 Morphine à discrétion
1789 Du sang sur les étoiles
1809 La mort et les chères petites
1818 Le taxi jaune
1833 Pas de pitié pour la divine Daphné

STEEMAN Stanislas-André
84 Six hommes morts *(Prix du Roman d'Aventures 1931*
95 La nuit du 12 au 13
101 Le mannequin assassiné
113 Un dans trois
284 L'assassin habite au 21
305 L'ennemi sans visage
388 Crimes à vendre
1772 Quai des Orfèvres
1812 La morte survit au 13
1854 Le trajet de la foudre
1864 Le condamné meurt à 5 heures
1902 Le démon de Sainte-Croix

TEY Josephine
1743 Elle n'en pense pas un mot

THOMAS Louis C.
1780 Poison d'avril

VERY Pierre
60 Le testament de Basil Crookes *(Prix du Roman d'Aventures 193*

WALSH Thomas
1872 Midi, gare centrale

WAUGH Hillary
1814 Cherchez l'homme
1840 On recherche...
1884 Carcasse

Le Club des Masques

ɌLEY Catherine
2 Oublie-moi, Charlotte

ɅHR E.J.
3 L'étau

ɅRNARD Robert
5 Du sang bleu sur les mains
7 Fils à maman

ɪEYNEY Peter
6 Rendez-vous avec Callaghan
3 Elles ne disent jamais quand
1 Et rendez la monnaie
ɪ Navrée de vous avoir dérangé
7 Les courbes du destin
ɪ L'impossible héritage

ɪRISTIE Agatha
5 titres parus, voir catalogue général)

ɪRTISS Ursula
5 Que désires-tu Célia ?

ɪDELOT Francis
ɪ La loi du talion

ɪDRÈBE Maurice Bernard
2 La vieille dame sans merci
ɪ Gondoles pour le cimetière

BRAYAT
6 titres parus, voir catalogue général)

ɌM Betty
) Le coupe-papier de Tolède

ɌRIÈRE Jean-Pierre
ɪ Cadavres en vacances
ɪ Cadavres en goguette

ɪH et ROTHBLATT
ɪ Une mort providentielle

ɪLEY Rae
ʼ Un coureur de dot
ʼ Requiem pour un amour perdu

ɪBERT Anthony
ɪ Le meurtre d'Edward Ross

ɪXMAN Margaret
: Le cadavre de 19 h 32 entre en gare

IRISH William
405 Divorce à l'américaine
430 New York blues

KRUGER Paul
463 Au bar des causes perdues *(juin 88)*
513 Brelan de femmes

LACOMBE Denis
456 La morte du Causse noir
481 Un cadavre sous la cendre

LANG Maria
509 Nous étions treize en classe

LEBRUN Michel
534 La tête du client

LONG Manning
519 Noël à l'arsenic
529 Pas d'émotions pour Madame

LOVELL Marc
497 Le fantôme vous dit bonjour

MARTENSON Jan
495 Le Prix Nobel et la mort

MONAGHAN Hélène de
452 Suite en noir *(mars 88)*
470 Marée noire *(mai 88)*
502 Noirs parfums

MORTON Anthony
545 Le baron les croque
546 Le baron et le receleur
547 Le baron est bon prince
548 Noces pour le baron
549 Le baron se dévoue
550 Le baron et le poignard
552 Le baron et le clochard
553 Une corde pour le baron
554 Le baron cambriole
556 Le baron bouquine
558 L'ombre du baron
560 Le baron riposte
563 Le baron voyage
565 Le baron est prévenu
559 Le baron passe la Manche
566 Le baron et les œufs d'or
567 Un solitaire pour le baron
569 Le baron aux abois

570 Le baron et le sabre mongol
571 Le baron et le fantôme
573 Larmes pour le baron
574 Une sultane pour le baron
579 Piège pour le baron
580 Le baron risque tout
581 Le baron et le masque d'or

PICARD Gilbert
450 Demain n'est qu'une chimère *(fév. 88)*
477 Le gang du crépuscule
490 L'assassin de l'été

RATHBONE Julian
511 A couteaux tirés

RENDELL Ruth
451 Qui a tué Charlie Hatton?
501 L'analphabète
510 La danse de Salomé
516 Meurtre indexé
523 La police conduit le deuil
539 La maison de la mort
551 Le petit été de la St. Luke
576 L'enveloppe mauve

RODEN H.W.
526 On ne tue jamais assez

SALVA Pierre
475 Le diable dans la sacristie
484 Tous les chiens de l'enfer
503 Le trou du diable

SAYERS Dorothy L.
400 Les pièces du dossier

SIMPSON Dorothy
533 Le chat de la voisine

STOUT Rex
150 L'homme aux orchidées

STUBBS Jean
507 Chère Laura

SYMONS Julian
458 Dans la peau du rôle *(avril 88)*

THOMSON June
521 La Mariette est de sortie
532 Champignons vénéneux
577 Pas l'un de nous

UNDERWOOD Michaël
462 L'avocat sans perruque
485 Messieurs les jurés
531 La main de ma femme
538 La déesse de la mort

WAINWRIGHT John
522 Idées noires

WATSON Colin
467 Cœur solitaire

WILLIAMS David
541 Trésor en péril

WINSOR Roy
491 Trois mobiles pour un crime

IMPRIMÉ EN FRANCE PAR BRODARD ET TAUPIN
Usine de La Flèche (Sarthe).
ISBN : 2 - 7024 - 0056 - 6
ISSN : 0768 - 0384

H 31/0197/9